青樓《せいろう》にて

喜多川歌麿「雪月花」異聞

髙橋克典

未知谷
Publisher Michitani

目次

プロデュース　石川孝一

アドバイザー　大木洋三《ひろみつ》

青楼《せいろう》にて

喜多川歌麿「雪月花」異聞

零

「あれまあ、可愛い赤さんやこと。あんた、よう頑張ったなあ」

ちょっとだけ触ってもええか、いや、抱っこさせて欲しいなどと女たちが母親の隣に寝かされている赤ん坊を囲んでは、代わる代わるに覗き込んでいる。

「まだ生まれて間がない赤子に母親以外は触ったらあかん。首も据わってへんのに、抱っこやなんて論外や」

取り上げ婆が赤ん坊の躰を拭いながら、女たちを一喝したあと、

「まあ、気持ちは分からんこともないけどな……」

「ちょっと見てみ、あんなちっちゃなおちんちん」

「ほんまや、憎らしいなあ」

女衆からどっと笑い声が四畳に満たぬ小部屋へ広がっていく。

「とにかく男の子でほっとしたわ。これが女やったら、先は辛いことになるのは目に見えて

るしな。おちんちんが付いていてよかったわ」

　母親がそう言うと、

「おちんちんが付いていようがいまいが、あんたこの先、この子をどないするんな。困ったなあ……」

　女将らしい年増が大きくため息を吐いた。


　それから三十数年……


「これ、番頭さん、わしの手を引いて、もっと近くへ、絵の近くへ寄せておくれ」

あわてて主人の手を握っては、その顔を絵に近づけようとする番頭を制して、

「与平さん、わたしが手を引きましょう」

と、筆を脇へ置いた絵師が主人をゆっくりと絵の前に立たせる。

「ああ、見える。見えるぞ。桜……桜花だ」

そこから絵師は主人の肩に両の手を添えて、少しづつ躰をずらせていく。

「おおっ、これは……吉原だ。仲之町の通りに植えられた桜花か。すると、奥に続くは角町《すみちょう》、揚屋町《あげやちょう》というわけか。引き手茶屋の二階座敷が賑やかなこと。女衆が見事みごと」

と、そのとき番頭の与平さん、

「旦那さま、もう少し左へ寄ってくださいまし。小さな男の子を抱きかかえた黒紋付きの女の紋、あれはまさしく……」

と、そこまで言いかけたとき、絵師は与平へ向かって自身の唇に人差し指を立ててみせた。

「歌麿先生、どうして……」

いかにも残念そうに言葉を呑んだ番頭に、絵師は首を横に振ったきりだったが、主人の新井《にい》田屋佐兵衛《だやさへゑ》には、絵師と番頭とのこのやり取りまでは見えていない。


父親が心筋梗塞で倒れて病院に運ばれたという報せを妹から受け、取るものもとりあえず浅草から東武特急に乗って実家のある栃木市へ向かった。母親は六年前に亡くなっていて、父は独り暮らしだった。

八十分ばかりの車中でいろいろと考えた。わざわざ浅草へ出なくとも北千住から乗ったほうがよかったのではないかとか、このままもし父親が亡くなるようなことがあれば葬儀なんかはどうすればいいのだろうとか、東京で一緒に暮らさないかと何度も水を向けたのだが、栃木の街を離れたくないと言い張って、誘いを断り続けた父を、やっぱり強引に説得するべきだったとか、とはいえ生まれ育った街から無理やり引き離しても、それで父は幸せだろうかなど、取り留めもないことばかりが頭を駆けめぐるうち利根川の鉄橋を渡った東武特急スペーシアは栃木駅へと到着し、そのまま教えられた病院へタクシーをとばした。

病室へ入ると父は仰向けに天井を見据えたままベッドに横たわっていて、傍《かたわ》らには佐野市へ嫁に行った妹がぐったりした顔で付き添っている。

「ふああ、お兄ちゃん、帰ってきてくれだんだ。よかった、よかったわ」

「どうだ、おやじの按配《あんばい》は」

「さっき治療を終えて、いまは落ち着いてる」

すぐに外科的処置を行うのではなく、しばらく様子をみようという判断になったようだ。

今回の発作は比較的軽いものだったと聞いてほっとした。

「びっくりしたよぉ。一週間ぶりにお父ちゃんを訪ねてさ、雑談してるうちに胸を押さえて苦しみだしたんだもん」

妹はあわてて救急車を呼び、父を入院させた。

こんなやり取りを妹としていると父親がこっちを見て、

「なんだ、帰ってきたのか」

低い声で言った。

「おやじ、大丈夫かね」

「ああ、大事、大事。ちょっとなあ……」

それだけ言って、父親はまた天井を見つめたまま、黙った。大事とか〝くらねえ〟は栃木弁で大丈夫という意味だ。

「どっちみちしばらく入院しなきゃならんけど、お兄ちゃん、どのくらいこっちにいられるの」

妹はずっと付き添うわけにいかないという。上の女の子の結納《ゆいのう》が迫っているし、下の男の子は浪人中で来春の受験には失敗できない。家族を放っておくわけにいかない妹の事情は、こちらもよくよく承知している。

「この病院は完全看護だっていうけどさ、この先いろいろあるだろうから、すぐに来られなくちゃ不安だんべさ……」

着の身着のままで救急車に乗せたから、実家をあのままにしておくのも気がかりだと妹が眉間にシワを寄せた。

「わかってるよ。しばらくおれが実家へ泊まり込むから心配するな」

「そうしてもらうと助かるわ。でさあ、いい機会だと思うからはっきり言うけどね。お兄ちゃん、もう東京にいる必要あるの」

この先一緒に暮らすつもりがあるのなら、父を東京へ連れて行くのではなく、自分が栃木の実家へ戻って来ればいいではないかと妹から言われた。妹の言葉が聞こえているはずの父は、何も反応しない。

「お兄ちゃんだって五十歳になるんだよ。それにもう、独りなんだしさぁ」

去年、正式に妻との協議離婚が成立した。息子はすでに独立して家庭をもっている。

「東京にこだわることないっしょ。いまじゃ東京なんか通勤圏内だし。だいいちフリーのライターなんて仕事、パソコンさえあればどこでだってできるんじゃないの」

妹が言うほど簡単な話ではないにせよ、フリーランスを名乗って東京へしがみつくには年齢的にもむずかしいところにきているのは確かだ。

「わたしさ、佐野へ嫁に行ってもう二十年以上になるでしょ。だからあっちも好きだけど、やっぱり栃木市はいいよ。無性に帰りたくなるとき、あるんだわ。全国でも人気のない栃木県の、そのまた存在感のない栃木市ってことになってるけど、みんな知らないんだよ、この街のこと。たまにお父ちゃんの様子を見にこっちへ帰ってくると、なんかホッとするんだよねえ」

確かにいま県庁所在地の宇都宮は餃子の街としても名を馳《は》せているが、かつて県都はこの栃木市だったことを知る年代は少なかろう。東照宮に代表される日光、東京の奥座敷とも呼ばれる鬼怒川温泉郷、那須の別荘地帯などは観光地として認知され定着している。陶器の町益子や日本最古の「足利学校」で知られる足利市、妹が暮らす佐野市は厄除け大師で有名だ。くらべて栃木市の影は薄いと言わざるを得ない。けれど最近、蔵のある町並をゆったりと独りで巡りたいという若者、とくに女性が増えていると聞く。分かる気もする。都市の喧騒を逃れ、江戸風情の残るこの街で来し方行く末を考える旅の心情を、自分も理解できる歳になったということか。

「巴波川《うずまがわ》のほとりなんか歩くと清々してね。いい街だよ、ここは。そう思わない」

妹の問いかけに、素直に肯ける自分がいた。

「お兄ちゃんさ、仕事のほうはどうなんよ」

「まあ、なんとかな。いまウタマロの小説を書いてみないかって、企画書を持ち込まれてる」

と、それを耳にした父親がグイッとこっちを見て問いかけてきた。

「ウタマロって、あの歌麿のことか」

「そうだよ、あの絵師の喜多川歌麿さ」

「おまえ、小説を書くのか」

「まだ正式に受けたわけじゃない。時代物なんかほとんど書いたことがないし、迷ってる」

「喜多川歌麿はな、あれはこの栃木の街の生まれだぞ」

いつも寡黙な父親が妙なことを言い出したものだ。

「おれがもらった資料によれば、出自《しゅつじ》については諸説あって、江戸だの大坂だの京都だの、埼玉県の川越生まれって説もあるらしい。なんだい、おやじは歌麿に興味があるのか」

父親は地元の高校を卒業すると、本当は大学へ進んで学校の教師になりたかったらしい。しかし男四人兄弟の三番目で祖父母には三男坊を進学させる余裕はなかった。

地元の工務店で事務職をしていた父に転機が訪れたのは市役所が臨時職員を募集したときだった。一も二もなくこれに応募して採用された父親は、主に事務作業の雑用をこなすうち、重宝がられて戸籍係の関係にまわされ、そのときに正職員になった。時々に応じて係を転々としながら六十歳で定年を迎え、そこから十年、観光課の補助職員として再雇用された経緯がある。

「おまえ、この旧栃木町にはな、大英博物館にだって一点しかない歌麿の直筆画が、少なくとも三点あるんだぞ」

「へえ、それは知らなかったな」

「それにな、歌麿一世一代の大作『雪月花《せつげっか》』は間違いなくこの栃木で描かれたものなんだ。おまえ、いくらなんでも『雪月花』の由来くらいは知ってるだろう」

「それがさ、まだ資料にざっと目を通したくらいで、何も知らないんだよ、歌麿のことも、その作品のことも」

中学生のころに記念切手を集めていた時期があって、切手帳二冊分くらいは貯まっていたのだが、中で最も貴重で大切な一枚だったのが歌麿の大首絵《おおくびえ》を写した『ビードロを吹く女』だった。その切手帳も高校生のときにビートルズの新盤を買うために売り払ってしまった。小説を書こうというにしては喜多川歌麿に関する知識はあまりにも貧弱でお粗末なものだ。

「お兄ちゃん、あんた東京ボケだわ。毎年秋の『歌麿まつり』を知らんのかね。この町の人間なら誰だって知ってるよ」

「まあ、知らんのも無理なかんべ。祭りとはいっても、こいつが東京へ出る前にはなかった催事《さいじ》だからな」

父親が庇《かば》うように言った。

東京ボケか……。高校を卒《お》えると進学のためすぐに上京した。教科書に書かれている受験のための〝歴史と文化〟の脇で、現象として起こりつつあったサブカルやカウンターカルチャーに心躍らせたが、それはいつだって東京とその周辺から始まり、さして遠くもなく、かといって決して近いともいえない栃木のこの地で、ただやきもきしながらそうした時代のうねりを眺めるばかりだった。その感じは過去も、今だってほぼ変化ないように思える。だから気持ちはいつだって東京に向いていて、故郷としての栃木市から出ていくことしか考えたことはなかった。いや、もっと正確にいうなら故郷とどうかかわるかなど、考える余裕もなかったというのが正直なところだろう。ずっと父の援助を受けてどうやら大学は卒業したもののの、収入はいつも不安定で、その都度父親を頼ってきた。

歌麿を主人公に小説仕立てにしてくれれば何を書いてもいいとの依頼筋からのご注文だ。いろんな意味で潮時なのかも。

「栃木と歌麿かあ……別に伝記ってわけじゃなし、やってみるか」

「書いてみればいいじゃん、こっちでさ」

妹の言葉に、父親がベッドの上で二度、大きく頷《うなづ》くのが見えた。

壱

「師匠、近ごろ頻繁に下野《しもつけ》へ足を運んでいるようだが、向こうにいい女でもできたかい」

やや問い詰めるような口調で蔦屋重三郎《つたやじゅうざぶろう》が訊く。

「いやあ、親方、そんなんじゃありませんよ。下野は謂《い》わばあたしの故郷みたいなもんでしてね。ときどき無性に懐かしくなるんです」

歌麿は逸《そ》らすようにそう答えた。

「おめえ、生まれは近江《おうみ》だって言ってたじゃねえか。言葉の端々にだって、いまも近江訛りがあらあ。下野が故郷だってのはおかしいじゃねえか。なんかおれに隠し事でもあるのかい。おれとおめえの仲だ。隠し事ってのは面白かあねえな」

「ばかばかしい。あたしが親方に何の隠し事が。たしかに近江の生まれにはちがいありませんが、じつは下野にも縁《ゆかり》の者がおりましてね。だから二番目の故郷ってことなんですよ」

「下野ったって広いやな。どこへ通ってるんだい」

「通うってほど頻繁《ひんぱん》に行き来してるわけじゃ。日光例幣使《れいへいし》街道沿いの皆川《みながわ》城下ですよ。あそこには栃の木が幾本も筋に並んで町の真ん中を巴波川《うずまがわ》って水路が通っています。絵になる風情でね」

「ふーん」と言ったきり蔦重《つたじゅう》は黙ったが、納得したふうはない。

蔦屋重三郎と喜多川歌麿は歳で言えば七つ違い。歌麿にとって蔦重は恩人でもあるが口うるさい年長の兄貴のような存在だ。

「隠し事……ねえ。言われれば〝隠し事〟かも、しれねえなあ」

歌麿は心の中でそうつぶやいた。

喜多川歌麿は近江ノ国守山郷《もりやまごう》の下世話な遊女屋で生まれた。幼名を「こまる」といったが文字で書けば小丸か子丸かは定かでない。遊女のひとりが産み落としたがゆえ、その始末に困り果て〝こまる〟と呼ばれていたのかもしれぬ。

まわりは女だらけでだれが母親か分からぬような中で四歳まで育ったが、父親のことはまったく知らされていなかった。男の児だが女物を直した赤いべべを着せられた。女たちはだれもが優しく、同じように白粉の匂いがした。なかにひとり筆を持てる年増がいて、手紙の代筆などを引き受けては薄墨《うすずみ》を磨って細筆に含ませ、それを小丸に持たせてはちり紙やらざら紙といった安手の紙へ好きなように絵を描かせて遊ばせた。記憶のなかではその年増が我が母親と思いたいのだが、ほかにも乳を含ませてくれる女が何人かいて、小丸はひもじくなると女たちに乳をせがんだ。小丸にせがまれるとたとえ経産婦でなくともじんわりと乳がでた。あの生温かい感触は長じても頭から離れることはなく、後年、歌麿を名乗って枕絵《まくらえ》を描くようになっても、四歳まで乳を含んでいた女の乳房を、性の対象として描いたことはない。

遊女が孕《はら》んで堕胎《だたい》に失敗したあげくに産まれた赤ん坊は、乳離れしたならすぐに常称寺《じょうしょうじ》という投げ込み寺に幾ばくかの銭と共に預けられるのが常だったが、小丸はそんなわけで遅くまで乳離れせず、女たちが庇ったり可愛がったりしたものだから遊女屋の主人夫婦も大目にみていたのだが、それこそ異例のこと。さすがにこれ以上はと、四歳になってしばらくすると女たちから引き離され、寺方へと放り出されてしまう。

常称寺のような寺には檀家《だんか》組織というものがなく、日々のかかり賄《まかな》いは地域の裕福な商家などの寄進に頼るのがもっぱらで、花街岡場所とそこに身を寄せる女たちは彼らの商いにとって必要不可欠な存在だった。だからこそ女たちが産み落とした子を引き受けたり、亡くなっても引き取り手のない遊女の亡骸《なきがら》を供養したりする寺方の存続に商売人の家々が寄進する申し合わせがあった。

八幡屋佐兵衛《やわたやさへゑ》はその寄進金を取りまとめる総代で、ある日のこと月番から託された銭を懐に寺を訪ねると、見かけぬ子どもが寺男の脇で棒切れを手に器用に蜻蛉《とんぼ》の絵を地面に描いている姿を見て取った。

「それはおまえの子かいな」

「いいえな、この児は久松やから投げられた端者《はもの》ですわ」

寺男はため息を吐き、

「なんぞ仕事を教えたれと和尚から言われたもんの、まだ四つでおますさかい、教えるもなにもただ足手まといになるばっかしで、こうして脇で遊ばせておりますんや」

佐兵衛は「そうかいな」と相槌を打つと、そのまま奥へと通っていった。

「あの外の児なあ、四つになると聞いたけど名前はなんと申しますんか」

佐兵衛は銭の入った巾着を差し出しつつ和尚に訊ねると、

「久松やでは〝こまる〟と呼ばれていたそうで。ああいう家ですよってよっぽど難儀《なんぎ》したんでしょうな」

「ああ、なるほど。それでこまるかいな」

佐兵衛は含み笑いしたあと、

「和尚、どうやろか、あの児、うちで引き取らしてもらえんかいな」

和尚は願ったりの顔で、

「じつは今日あんたがお越しなされたら、それをお願いしようと思っていたところでな。仕込むには今がちょうどよい年頃かと」

「いやいや、仕事を仕込んでいずれ小僧行商に出そうと、そういうことではないんでな。あの児が地面に描いていた蜻蛉の絵を見て思い付いたことがありまして」

少し考え込むように佐兵衛は言った。

「あれは絵が好きで、何かといえば墨を擦れの筆を貸せのとせがみますので、うるさいからああして地面に虫の絵など描かせて遊ばせているしだいでな」

「上手に描くものと感心しましてな。うちの倅《せがれ》の遊び相手にならんもんかいなと思うたりして。まあ相性もありますで、倅と気が合わなんだら商売を仕込めば済むこと。要はわたしの思い付きですな」

八幡屋佐兵衛にはふたりの息子があったが八歳になる次男の佐吉は目がいけない。いわゆる弱視であった。医者にも診せ大枚かけて眼鏡を誂《あつら》えたから今のところ日頃の暮らしに支障はないものの、成人するにつれて視力は衰えていくだろうとの医者の見立てで、佐兵衛はいつも次男佐吉の行く末を思わぬ日はなかった。ましてやその眼鏡のことで人から揶揄《からか》われることにうんざりしていた佐吉は実兄や奉公人とも交わることを嫌って籠《こ》もりがちになっている。年も近いことだし、ああいう育ちの児なら次男も心を開くかもしれぬ。小丸を佐吉の遊び相手として身の回りの世話をさせてみてはどうだろうというのは、いわば佐兵衛の商売勘のようなものだった。

「次男さんの遊び相手としてあの小児を三食養いなさるとは、真にご奇特《きとく》なこと。陰徳善事《いんとくぜんじ》は近江商人の根本と申しますからな。いずれにせよ当方に異存はございません。あれを産み落とした母親とてこれを知れば喜びましょう」

支度もなにも、小丸はその日のうちに佐兵衛に伴われ八幡屋へと身を寄せるしだいとなった。

佐吉は顔半分が覆われるほどの大きな眼鏡をしていた。小丸はそもそも眼鏡というものは初《しょ》見《けん》で、けれどだからといって驚きもせず笑いもせず、ひたすら佐吉の様《さま》に見入った。紙もなければ筆もないのに右手をしきりに動かしては空で眼鏡をした佐吉を描いているようだった。

「おまえったら、さっきからなにをしているの」

「絵を描いているの。目ん玉がぎょろっとしていて蜻蛉に似ているから」

「蜻蛉が好きなのかい」

「うん、得意なんだよ、蜻蛉を描くのは」

それを聞いた佐吉が、

「この子に墨と筆と紙を持ってきてあげて。どんなふうな絵を描くのか見てみたい」

そう下女に申しつけた。それから、

「わたしは佐吉、おまえは」

自分は〝こまる〟だと小丸が答えると、

「こまるかあ、そりゃあ困った、困った」とふたりしてケタケタと笑い始めたものだ。その風を見た佐兵衛は自分の勘に狂いがなかったことを確信した。そこで佐兵衛が、

「うちへ来たからは、いつまで小丸でもあるまい。それらしい名を付けましょう。藤助《とうすけ》とはどうやな」

そこから八幡屋では〝藤助〟を名乗ることになったものの、佐吉だけはその後もずっと〝小丸〟の名で呼び続けることになる。

八幡屋は近江でも名の通ったなかなかの大店《おおだな》で主人の佐兵衛は四十の坂を登ったばかり。二代目だが地商いに限っていた先代より商才があると評判で、多くの行商人を抱えて麻織物から畳表、茶碗や湯呑みに至る日用雑貨まで注文に応じて何でも扱い、競合店の多い京、大坂《おおざか》はもとより北関東方面にまで商圏を延ばしつつあった。

十八になる長男の仙太郎にいずれ三代目を継がせる心積もりだが、次男は遅くに出来たいわば〝恥かきっ子〟で、それがゆえに弱視に生まれついたのではないかと、佐兵衛も妻の久代も佐吉の行く末には心を砕いてきた。

それが小丸、いや藤助が遊び相手となってからはなにやら明るくなったと兄の仙太郎も奉公人たちも口を揃えた。

「おまえはほんまに絵が上手やな。大きくなったら絵師になるとええ」

実弟のように藤助を扱う佐吉の申し分を入れ、藤助は墨と紙と細筆を好きなように使うことができた。

「蜻蛉も蝶も蛙も上手いけど、おれはおまえの描く蟷螂《かまきり》がすごいと思う」

遊女屋で過ごしていたあるとき、部屋へ一匹の蟷螂が迷い込んできた。女たちが気味悪がってその蟷螂を部屋から追い立てようとするなか、小丸はその形状の面白さに目を奪われ、咄嗟《とっさ》のことで墨も筆もなにも間に合わなかったものの、蟷螂の様を頭の中で詳細に描いたのだった。小丸と呼ばれた幼いときから藤助にはそういう才があって、いちど頭の中で描いた形は忘れない。筆を持たせれば対象を見ずともちゃんと紙上に再現してみせた。

いかに佐吉のお気に入りとはいえ、八幡屋では藤助にただ絵ばかりを描かせていたわけではない。すでに筆を持つことは得意なのだから、七歳になるころには簡単な読み書き算盤といった手習いもさせて、ぼつぼつ行商人のいろはについても仕込もうと考えていた矢先も矢先、その藤助の身の上に思いもよらぬことが起こる。じつは藤助というより、それは佐吉の養子縁組話から始まった。

八幡屋佐兵衛には下野ノ国栃木に新井田屋《にいだや》久右ヱ門《きゅうえもん》というふた従兄弟があって、先々代が近江の出で親類筋にあたる。扱う品も共通の物が多くお互い融通しあって情報もやったりとったりしている仲であり、新井田屋はいまや八幡屋を凌ぐ大店《おおだな》にまで商売を広げ、海のない地域にもかかわらず北前船の株を有するまでになっていた。その久右ヱ門の一粒種《ひとつぶだね》の伜がわずか一六歳で急逝《きゅうせい》してしまったのだ。将来を託そうと楽しみにしていた伜を流行病《はやりやまい》であっけなく失ってしまった久右ヱ門の嘆きはひととおりでなく、すべての商売から身を引いて、あとのことは番頭に任せるといった手紙が届いたとき、佐兵衛は下野皆川は栃木宿まで出向いてこれを諫《いさ》めた経緯がある。それがつい去年のこと。その翌年に寄こした手紙に書かれていたのは、佐兵衛の次男、佐吉を是非にも養子として迎え、新井田屋の身代《しんだい》を継がせたいという内容だった。

「これは困ったことになったなあ。どうしても近江商人の血筋を絶やしたくないと書いて寄こしたわい」

佐兵衛はそれこそ思案投げ首、妻の久代にいたっては、

「いくらなんでも無理な相談事。お断りの返事を差し上げてくださいましよ」

「さあ、それは……倅を亡くしてすべての商売から身を引き隠居するというのを止めたのは、わしやからなあ」

「それだって佐吉は目が……。近ごろやっと人とまともに話せるようになったとはいえ、商売にはまったく向きゃしませんよ。まして新井田屋さんといえば目から鼻へ抜けるような商売上手のお人、とてもとても佐吉などに務まろうはずがないじゃありませんか」

「そうさなあ、跡を取ってあの店をやりくりするなんぞ、わしでも気が重いわい」

それからよくよく事情を説明したうえで、いったんは断りの返事を出したのだが、久右ヱ門はおいそれとは引き下がらなかった。

「目が悪いからといって、そのままずっと店の厄介者扱いで満足かどうか、どうぞまず本人の佐吉さんへお確かめくださりませ。もう十三歳にもなりますれば、その辺の分別《ふんべつ》もあるはず。

そもわたしが隠居すると言ったとき、きっと次の道が拓《ひら》けるとわたしを止めたのは佐兵衛さん、あなたではありませんか。その次の道として佐吉さんを迎えたいとお願い申し上げているのです。これは家内とも膝詰めで話し合って得た結論で、目が悪くとも、いずれ視力を失うかもしれぬことも承知のうえでの頼み事です。うちには佐吉さんを支えていく番頭たちが何人もいて、わたしはむろんのこと、商売とその差配の仕方を手を取り足を取って教えます。そこだけは信頼してもらいたい。まして、八幡屋が仙太郎さんの代となり、うちが佐吉さんに代替わりすれば、近江の八幡屋と下野栃木の新井田屋は本家と分家、これ以上に心強いことはありませぬ。どうぞ、どうぞ前向きにご一考を」

断っても断っても、こうした手紙が頻繁《ひんぱん》に届いた。長男の仙太郎はこの話に前向きだった。たとえ目が悪くても佐吉はやっていける人間だという。助け合って本家と分家になれれば、さらなる繁栄が期待できるというのだが、両親には打算《ださん》にも聞こえた。けれど驚いたのは佐吉の返答だった。栃木へ行くというのだ。

いずれ見えなくなる目なら、今のうちに見られるものをすべて見ておきたい。自分を望んでくれる場所があるなら行って、どこまでやれるか試してみたいと言うのだった。

「そうは言うがな、この近江と下野では気候やら習慣やら何もかもがちがうんやぞ。言葉がちがう、食べもんがちがう、奉公人がちがう、商売の整《ととの》え方がちがう。おまえ、やっていけるんかいな」

「それはそうかもしれんけれど、海のないことや、同じとこだってあるはず。それにここは京、大坂に近いけれど、あちらはなんといっても江戸に近い。江戸には良い目医者が何人もいると聞きます。ここでお父ちゃんやお母ちゃんに可愛がってもらいこのまま暮らすことに不服はないけれど、まったく別の地で気張ってみたい気持ちはずっとあったんや」

「そうか……。ほんの子どもや思うてたらおまえ、そんなことを考えていたんかいな。そこまで言うなら下野栃木で頑張ってみるとええ。藤助を付けてやるさかい、もし辛抱たまらんようになったら戻ってきたらよろしい」

すると佐吉は毅然《きぜん》として、

「お父ちゃん、小丸は、藤助は連れて行かんよ。われが独りで行く」

そう言い放った。思いもよらぬ言葉が飛び出したものだから、両親も兄も驚いたのなんの。

「それ、本気か。どういうわけで藤助を残すんや」

思わず三人が口を揃えたものだ。

「藤助と離れるのがいちばん辛い、寂しいよ。でもな、このまま藤助と一緒だと、必ず里心が起きる。それが分かっているからあいつと離れないかん。それみたことかと、ただ血筋というだけであっちでも厄介者扱いされるのはもうごめんや」

そう言ったあと、続けて、

「お父ちゃん、頼みがあります。藤助のことやけど、ここに残って行商人にさせるのではなく、絵師にさせたって欲しい」

どうやったら絵師になれるのかその方法は自分には分からないが、そこはどうか力になってやってくださいと、佐吉は父親の佐兵衛へ頭を下げた。

「そうやな。おまえがここまで他人様と交われるようになったのも、藤助がいたからにちがいない。それは私らも思っていることやし、あの子がほんまもんの絵師になれるかどうかは、それはお父ちゃんも請け合いかねるが、道筋についてはは心当たりがないわけでもない」

自身が決めた限りは藤助のことは心おきなく、栃木の新井田屋へ行けと、そこで八幡屋佐兵衛の腹も決まった。

この経緯を兄《にい》やんと慕う佐吉の口から聞かされたとき、藤助は黙ったままで涙ひとつこぼすでなく、ただ頷いてみせただけだった。

「おまえの絵はただ上手いだけやない。何かある。それが何か説明はつかんけど、絵師になり。それがいちばんやと思う。お父ちゃんによくよく頼んでおいたからな。だから下野へは連れていかん。おまえと離れるんはほんまにしんどい。怖い気もする。それでもおれは行ってみたい。そう決めた」

「また会えるんかな……」

ぽつりと藤助が洩らした。

「小丸、会えるよ。必ず会おうな。それまでふたりして辛抱しよな」

大きな眼鏡の下からぽろぽろと佐吉は涙を幾粒も落とした。それでも九歳になった藤助の目から涙が流れることはなかった。

藤助はまだ、自分の内にある狂気にまったく気づいていない。闇は佐吉の内にもあって、自分が秘めているその闇にわずかずつ気づき始めている。長いことこの家の厄介者と思い込み、いずれは視力を失うかもしれぬという恐怖に怯《おび》え暮らしてきた佐吉。そもそも家族というものにぼんやりとした輪郭すら持てない小丸。ふたりの絆《きずな》は互いの闇をさらけ出し認め合うことで結ばれたものだったに違いなかった。

医師の判断で心臓にカテーテルを入れることになり、父親の入院は思いのほか長引いたが施術は成功した。足立区のアパートから栃木の病院まで週に一度くらいのペースで見舞っていたのだが、新型コロナが広がるなか、病院では家族友人を問わず入院患者への面会が一切できなくなってしまった。

「お兄ちゃん、あのままお父ちゃんを入院させておくのかね」

妹から切り出されるまでもなく、検査も終えた病院側からも自宅療養しながらの見守りを勧められている。つまり退院してかまわないということだ。というのも、このまま入院を続けると年齢的にも父親は認知症を発症する可能性があるというのだった。それは杞憂《きゆう》ではなく、現にそうした兆候が出始めていることも担当医から聞かされていた。もともと寡黙《かもく》な父親が人と接しなくなることで壊れていきかねない。

「ゆっくりと日常生活へ戻ったほうがお父さんのためにいいと思います」

心筋梗塞再発のリスクは否定できないが、認知症進行のほうがよほど問題だとの医師の判断に納得せざるを得ない。離婚して独り暮らしになったとはいえ、東京を離れ実家へ引っ越す踏ん切りがつかなかったのだが、もう、そうも言っていられない。

「難しく考えることないじゃん。いまのアパートは仕事場としてそのままにしておけばいいのよ。とりあえず身の周りのものだけ持って栃木に戻ってくればいいのよ」

実家で暮らす分には家賃はかからない。住民票まで移す必要はないと妹が言う。そうすれば父親は独居ということで介護支援が受けられるはずだと妹から諭《さと》され、なるほどと思った。

「お舅《しゅうと》さんのときにいろいろと経験したから、手続きの段取りは分かるし、なるべく手伝うようにするから」

そこから二週間、少し実家を片付け、アパートから生活必需品だけを何回かに分けて運び、そして父を退院させた。ほぼ初めて父親との二人暮らしが始まった。


「おまえ、仕事は順調なのか」

息子との二人暮らしに父も戸惑っているようだ。

「おれのことはもういいから、おまえは早く東京へ帰れ」

たしかに父はそれまでそうしてきたように、食事や風呂にトイレといった自身のことはひと通り自分でできる。それでも医師からも妹からも見守るように言われているし、とくに夜間など、今回のように発作を起こしたらと考えれば、これ以上独居させておくわけにはいかない。

「まあ、おれの仕事は携帯とパソコンがあれば居場所を選ばないから、大丈夫さ。ときどきこっちとあっちを行ったり来たりはするつもりだけどな。だから、そのためにもさ」

介護認定の申請をしたいと切り出したのだが、父親はそんな必要はないの一点張りで受け入れようとしない。

「市役所勤めだったから知ってると思うけど、支援の認定が通ればケアマネジャーが相談に乗ってくれるし、デイサービスにも……」

「バカこけ。おれはそんなとこ、絶対に行かんぞ。あいつが亡くなってからずっと自分のことは自分でやってきたんだ。だれの世話にもなってない」

〝あいつ〟とは六年前に他界した母親のことだ。

「そうだな。おれはおやじをずっと放ったらかしにしてきたからなあ。いまさら離婚した嫁に頼るわけにもいかんしさ」

「当たり前だ。おまえたちに頼るつもりなんか、さらさらない。妙なことを言うな」

父親とこういう不毛な言い争いを続けると、とてもじゃないが同居生活は破綻《はたん》する。それだけは学習済みの身だから、こうなれば諍《いさか》いを起こさず、長男としてやれることをやるばかりだ。

「とにかくさ、おれがいるとうっとうしいかもしれんが、しばらく栃木にいさせてもらうよ」

父親はいいとも嫌だとも返事はしなかった。

朝、昼、父は自分で簡単な食事を用意する。主にトーストやら麺類だが、それでは栄養バランスのこともあるから夕食については父親の分だけ、毎日夕方に弁当の宅配を手配した。一食六五〇円だ。父は酒を飲まないからインスタント味噌汁かなにかあればそれでいい。こっちは毎日焼酎で晩酌をする。つまみは適当で缶詰でも何でも構わない。食事のことはそう決めた。

二十歳になってすぐ運転免許を取得したが、ずっとペーパードライバーだった。一応二十三区内で暮らしてきたから車の必要性を感じたことはなかった。実家となるとそうはいかない。買い出しのためにまったく久し振りで父親の軽自動車のハンドルを握った。

「おれが運転するからおまえは助手席へ乗れ。危なっかしくてそれこそ心臓に悪いわ」

「まあそう言わず。しばらくぶりだから仕方ないよ。すぐに慣れるさ。運転しないといつまでも勘が戻らんよ」

父は不機嫌そうに助手席のシートベルトを肩掛けにした。

久方ぶりに走る栃木の裏通りは思いのほか狭い。

「気をつけろ、対向車が来るぞ。おまえ、右に寄りすぎだろ」

「分かった、分かった。あれって、岡田記念館だっけ」

「よそ見をするな。そうだ、岡田記念館だ。見学したいなら車じゃなく、歩いて来るんだな」

「こんなに寺の多い町だったかなあ」

「栃木は寺町だぞ。そんなことも知らなかったのか」

「巴波川《うずまがわ》の辺りは整備されたんだろ、走ってみようか」

「だから歩いて来いって。道幅が狭いんだ。しばらくこっちにいるつもりなんだろう。なら散歩にくればいい」

「そうだな。健康のためにも一緒に歩いてみるか。おやじ、観光課だったんだから、いろいろ説明してくれよ」

スーパーでパンやら牛乳やら野菜やら豆腐やら、いろいろと買い込んで、帰りも運転して無事に実家へ戻った。

数日して、晴れた日を見計らって父親を散歩に連れ出した。巴波川に沿ってゆっくりと歩く。父親と栃木の街をふたりして歩こうとは、五十年生きてきて、こういう経験も初めてのことだ。

「きれいに整備されたもんだなあ。あの燈籠《とうろう》は……」

「陽が落ちるとライトアップされるんだ。栃木市観光の目玉になってる」

新しいカフェやら食事処も出来ていて、列をつくっている店もあるのには驚かされる。な

るほど栃木市観光の目玉なんだと感心していると、中年の夫婦連れとすれ違いざま、

「おい、久し振りだなあ。なんだよ、帰ってきてるんなら顔くらい見せろよ」

高校時代の同級生だった。右手を挙げて「おうっ、久し振り」と返事を返す。

「おまえ、同窓会にもいっぺんも顔出したことないだろ。どうしてるのかって、みんな心配してたんだぞ」

「そうか、そりゃどうも……」

「おやじさんだろ、具合悪いって聞いたけど」

「ああっ、まあ、たいしたことないんだ」

噂が伝わるのは相変わらず早い。

「これからずっとこっちにいるのか」

「分からん。でもしばらくはこっちだ」

「そうか、じゃあまた連絡寄こせよ」

そういって後ろで会釈《えしゃく》する奥さんのところへ戻っていったとき、聞こえよがしに、

「離婚したっていうし、ありゃ都落《みやこお》ちだな」

という声が背中越しからした。それを聞いた父親が、

「ありゃ自転車屋の倅だろ。おまえ、やっぱり東京へ帰れ」

同じく東京の大学を出てどこかへ就職したのだろうがすぐに辞めて地元へ戻り、家業の自転車屋を継いだ。ここ数年の自転車ブームに加え、観光客目当てに貸し自転車もやりはじめ、

なかなかの羽振りだと聞いた。

「別にいいさ。気にするこたあねえよ。おれが都落ちなら、あいつだって完全な都落ちだからな」

はっきり聞こえるよう、大声で怒鳴ってやったものの、五十男のやることではなかった。たぶん自身の内にも奴が言ったような思いがあることは否《いな》めない。


夜、父親は弁当を、こっちは冷や奴かなんかで一杯やっていると、

「おまえ、歌麿の小説を書くんだろ。いいか、喜多川歌麿だけじゃなくて浮世絵、春画に関しては研究者が山ほどいるからな。慎重にやらないと足許をすくわれるぞ。とくに歌麿はここ栃木市との縁が深いから、一家言《いっかげん》ある地元の郷土史家も多い。定年後も観光課の手伝いをしていたからよく分かってるがな、なかなかに手強いぞ」

「だろうな。おれはさ、この仕事を引き受けたとき、架空《かくう》の歌麿を書こうと思ったんだ。ところがさ、その〝架空〟ってやつがなかなかにむずかしいんだよなあ」

いかにほろ酔いとはいえ、まさか父親と仕事の話をしようとは思わなかった。本当になにもかもが初めてのことで、なんとも新鮮だ。少し父親のことが分かってきた気もするし、父親もこっちのことを理解しようとしてくれているようにも思え、あの同級生の言葉がきっと刺激になったのだろうと思うと、まんざら〝都落ち〟も悪くない気分になる。

「そうは言ってもまるっきりのデタラメを書くわけにもいかんだろう」

「架空とデタラメは全然ちがうよ。事実と真実は別の概念さ」

父親は首を捻《ひね》っていたが、

「どうだ、まだ歌麿の『雪月花』を観ていないだろう。あれは凄いぞ、栃木市立美術館へ観に行くか」

「えっ、本物が観られるのか」

「いや、本物は無理さ。レプリカだが『吉原の花』と『品川の月』は原寸だ。『深川の雪』だけは九割寸だが、レプリカでも三作揃えるのは大変だったんだぞ」

まるで自分が揃えたかのように、父は自慢げに笑ったものだ。

喜多川歌麿の代表作といわれる直筆大作『雪月花』は前出の三部作からなり、『吉原の花』はアメリカのワズワース・アセーニアム美術館に、『品川の月』は同じくアメリカのフリーア美術館に、そして『深川の雪』は箱根にある岡田美術館にそれぞれ所蔵されている。

「どれもここ栃木の地で描かれたことは間違いないんだが、どういう経路で流出したかははっきりしない。研究者たちはそれこそ血眼《ちまなこ》になって経路を追ったんだがな。確たる証左は得られないままになっているんだ」

「三作ともこの地で描かれたってのは間違いないのかい」

「間違いないと言いたいが、それも完全には断言できない。江戸で描かれたという研究家も多い。そこが肝《きも》だ。観光のもうひとつの目玉にしたいと考えて動いてきたんだがなあ。悩ましいところさ。だけどな、ここ栃木のさる豪商たちがこの絵の制作に関わっていたことだけは証明できるんだ。まあ、現物を見に行ってからにしよう」

栃木市立美術館は開館して間もない立派な建物で駐車場も広い。こっちは不案内だから運転は父に任せた。

車を止めると入り口までの長い導線を父親のペースに合わせてゆっくりと進む。市立文学館と向かい合わせるように建てられた美術館の受付を抜けると右手の展示室Cに喜多川歌麿の作品があった。正面には現在栃木市が所有している歌麿の肉筆画『女達磨図《おんなだるまず》』『鍾馗図《しょうきず》』『三福神《さんぷくしん》の相撲図《すもうず》』のうちの一点が期間ごとに展示されるという。その日は『女達磨図』が掲げられていて、「嗅いでみよ　何の香もなし　梅の花」なる狂歌が添えられている。

さて、その横壁一面を使って展示されていたのが高精細複製画『雪月花』三図である。

「ほう、こりゃ凄い迫力だなあ」

予想を超えた画筆で迫ってくる美しさに思わず見入ってしまう。

向かって右席の『深川の雪』には表情豊かな深川芸者が楼閣《ろうかく》から雪化粧した五葉松や梅の枝を愛でる様《さま》を中心に、料理や夜具を運ぶ女、幼子をあやす女中のほか、台の物から画中画の水墨画、雀や猫までが丁寧に描かれている。

中央の『品川の月』はその名の如く品川で代表的な妓楼「土蔵相模《どぞうさがみ》」の座敷から月明かりに照らされ海に浮かぶ帆船を望む遊女の姿が観る者を惹く。

そして左席『吉原の花』は歌舞伎の「助六」よろしく大門から京一《きょういち》、京二《きょうに》、角町《すみちょう》、揚屋町《あげやちょう》、江戸一《えどいち》、江戸二《えどに》の新吉原六ヶ町を遊郭まで結ぶ仲之町の通りにしつらえられた桜の木を花魁《おいらん》やら女郎衆が楽しむ様子が描かれていて、この三幅が一対を成す。レプリカとはいえこの圧倒的な存在感は三作が揃ってこそのものだ。

「この三作がいつもで観られるのは貴重だなあ」

「いや、ところがな、常設展示じゃないんだ。今日はたまたま観られたけれど、基本的に常設展示するのは『歌麿まつり』の期間ということになっていてな」

「なぜさ、なぜ常設にしないいんだろう」

「いろいろと事情もあるんだろうが、もったいないことさ……」

いくら惜しがってみても、父親には栃木市立美術館に常設を進言するほどの力はない。いったん壁際まで下がり『雪月花』を一望していた父親が、

「この三作、もともと栃木町に揃ってあったんだ。どうして流出させたもんかなあ……」

いかにも無念そうにため息を吐いたあと、

「どうだ、この三図を観て何か気がつかないか」

と訊ねてきたのだが、さて……。

「どれにも花魁や芸者衆、下働きの女衆といった美人画が描かれているだろう」

「ああ」

「この三つの絵図には共通の女性が一人描かれているのだが、おまえ、分かるか」

「……いや、分からんなあ、どこさ」

父親はあらためて三作に近づくと、

「この女とこの女、それからこの女、この三人は同一人物を表しているものと、おれは思ってる」

そう言って各図からひとりずつを指差してみせた。『花』に描かれた幼子を抱く黒紋付きの女、『月』の右下に描かれた襟元へ手をやる年増、そして『雪』では左褄を取る芸者。

「なぜこの女たちが同一人物だと思うのさ」

「顔や様子が似ているとか、そういうことじゃなくてな。この三人の家紋をよくよく見てごらん。ずいぶん時代《とき》を経て修正を加えられているものもあるが、どれもが〝九枚笹紋《くまいざさもん》〟なんだ。間違いない。しかもこの紋はだな、これが描かれた時代に隆盛を極めた栃木の豪商の紋なんだよ」

父親がこういうことに関わっていたとはまったく知らなかった。見識といっていいかもしれない。なるほど、言われてみれば同じ紋に見える。この三図に描かれている三人の女性を歌麿は同一人物に見立てたのかもしれないし、作者歌麿としての〝証《しるし》〟だったのかもしれない。

そうやって家紋の女を確認していくうち、さらに目を引いた事柄があった。それは三作どの絵にも描かれている幼子、男児のことだ。『花』では芸者が幼児を抱きかかえている。『月』では禿《かむろ》と戯れる幼子。まるで女の子のような着物を着せられているが、明らかに男児である。『雪』では年増に抱かれて猫をかまう幼児。この子らは、歌麿の直筆大作に込められたメッセージであるような気がしてならなかった。

弐

佐吉が栃木へ向けて旅立つ前日、自ら迎えに来た新井田屋久右ヱ門はふた従兄弟である八幡屋佐兵衛夫婦の前に両手をつき、

「ご次男佐吉殿と当家との養子縁組をご了承いただきましたこと真に有り難く、些少《さしょう》ではありますがここに持参致しました結納金二百五十両、幾久しくお納め願います」

と、二十五両の切り餅十包を佐兵衛夫婦の前に並べ、口上《こうじょう》と共に差し出した。

「お心遣い痛み入ります。ふつつかな倅ではありますがどうぞよろしくお願い申し上げます。この結納金、幾久しく収めさせていただいたうえで、次男佐吉にそっくりそのまま持たせてやりとう存じます。どうぞこの旨《むね》、ご了解いただけますよう」

「そのお心遣い、たしかに受け賜わりました。結納金はいったんこの久右ヱ門がお預かり致しまして、折りを選んでご本人さんへ必ずお渡し致します」

するとと母の久代が、

「どうか、どうかよろしくお願い致します。あの子は、うちの佐吉は煮抜きの卵が好物でして、ときどき膳に上げてやってくださいまし」

「これっ、出過ぎたことを。もうあちら様の子になるんやし、膳のことまで口を出すやなんて」

「いやいや、構いませんとも。それにしても、その煮抜き卵とは、どういうお料理ですかな。お教えくださらんか」

「いいえいな、ただの茹でた卵のことでして、こちらではそんな言い方をしましてな」

「ははあ、茹でた卵ですな。それなら毎日でもお食べいただくよう手配《てくば》りしましょう」

そう言って新井田屋久右ヱ門は豪快に笑い飛ばした。


別れの日は小雨交じり、やらずの雨だった。佐吉は両親や長兄、店の者たちに別れを告げ、最後に藤助の手を握りながら泣いた。

「小丸、いいか、立派な絵師になったらきっと訪ねてきいや。約束やで。早う絵師にならんと盲《め》しいてしまうかもしれんしな、達者で辛抱してな」

藤助は涙を見せることもなく、佐吉が誉めてくれた蟷螂の絵を差し出した。それがこのふたりの別れの一部始終だった。

八幡屋はしばらく気の抜けたような按配だったが、ある日佐兵衛は女房久代や長男の仙太郎、番頭に手代たちを呼んでこう告げた。

「いつまでぼんやりもしていられまい。商売が第一や。その前に三日、四日留守にしますで な、その間のことはよろしく頼みますよ」

どこへ行くのかという仙太郎の問いに、

「佐吉との約束を果たしに藤助を連れて京へ上ります」

京都山科に小芝紫苑《こしばしえん》という狩野派に連なる女絵師がいる。八幡屋佐兵衛はこの女絵師と商売上の縁があった。

俗に「越後から餅つきに来る」といわれるほどの働き者として名を馳せる越後《えちご》の人々は、個人の頑張りと粘りで商売を広げていく。また大坂《おおざか》の商人《あきんど》衆は機を見極めるに敏であり、しぶとい商いが身代《しんだい》を大きく伸ばしてきたことで知られているが、近江商人《おうみしょうにん》の強みは何と言ってもこの国に網の目のように広がっている同根《どうこん》との商い付き合いである。

小芝紫苑は三十路をとうに過ぎた女絵師ではあるが、いかに狩野派に連なっているとはいえ、女であることが物事の運びの障壁《しょうへき》になることがしばしばあった。早い話が美濃で漉《す》かれた上質の奉書紙や本黒墨、藍を出すための希少な山呉須《やまごす》、最も重要な鉛を混ぜ込んだ紅色など顔料の全般、それを滲《にじ》まぬよう引くための上等などう水などはよほどの後ろ盾でもない限り、狩野派内でも手にするには順番を待たねばならなかった。八幡屋はこうした要望に八方手を尽くして応じた経緯から、近江商いの根本である信用という財産を小芝紫苑から得ていた。佐兵衛が佐吉からなんとしても藤助を絵師になれるよう手を尽くして欲しいと言われたとき、なにより先ず頭に浮かんだのが小芝紫苑だった。

佐吉が下野《しもつけ》栃木へと旅立ちした翌日、佐兵衛は藤助を奥へ招き入れると、

「おまえがこれまで描いた絵を選《よ》って綴《つづ》るんや。虫でも蛇でもなるべく多彩なほうがええ。足らんようなら今からすぐに描き足して揃えなさい」

そう言い渡した。そしてそれが昆虫図絵として一綴りになったところでの京都行きだったのである。

山科の宿坊に小芝紫苑を訪ねると、唯一《ゆいいつ》の弟子である滝江という若い女絵師の取り次ぎを経て、すぐに紫苑本人と面会することができた。

「先生、いつもご贔屓《ひいき》いただきまして真にありがとうございます」

「なんの、八幡屋さんのお手配のおかげをもちまして細々ながら描かしてもろうとります。今日はまたなんぞ希少の顔料なぞをお持ち下されたのでしょうか」

「それが先生、ほんに厚かましいことでございますが、今日はどうしてもお目に掛けたいものがございまして」

と、佐兵衛は一冊に綴じた藤助の昆虫図絵をうやうやしく差し出したのだった。

「お目汚しとは思いつつ、このたび下野の縁者へ養子に出しました我が次男のたっての願いなのでございます」

紫苑は綴じられた絵の束を手にすると、しげしげと眺めているうち、一枚、また一枚と繰《く》っていった。

「それはここにおります藤助が描いた絵図を本人に綴じさせましたもので」

目を上げた紫苑が藤助を見た。

「そなた、幾つになられる」

当の藤助は黙ったまま、両の手を使って九つだと伝えた。

「しゃべれんわけとちがうのですが、無口な子で」

と言いながら、佐兵衛は藤助の出自から始まり、なぜ自身と関わりが出来たかなど、ここまでの成り行きを話したうえで、

「先生、どないでしょう。もしこの藤助に少しでも画才があると見込まれたなら、紫苑先生のお側に置いていただけぬものかと、連れて参ったしだいです。お預けした限り衣食のことはこの八幡屋が責任を持ちます。また、ただ器用なだけで画才はないとのご判断ならばこのまま近江へ連れ帰り、商売の道を教え込んでいくばかりでございます。得手勝手な厄介事を持ち込みましたこと、常のお付き合いに免じてどうかご容赦願います」

「だれに手ほどき受けたわけでなく、ここまで細密な蜻蛉やら蟷螂が描けるなら、それは持

って生まれた才というものでしょう。外ならぬ八幡屋さんのお頼みを無碍《むげ》にするまでもなく、しばらく手元に置いてみたくなりました」

さようで、さようでと揉み手しながら、ここでも自分の勘が功を奏したことに佐兵衛は喜びを覚えつつ、懐から二十五両の切り餅を出し、

「そうとお決めいただければ、これは藤助当面の賄《まかな》い扶持《ぶち》でございます。失礼なこととは承知しておりますが、弟子一人《いちにん》お抱えになるということがどれほどのことか、長いお付き合いゆえ、それもよく承知しております。どうかお納め願います」

「なにもかもご存じの八幡屋さんの前で、見栄を張ってもせんないこと、この金子《きんす》お預かりいたします」

藤助はこのやり取りを黙って聞きながら、自分はこの日からこの女絵師の元で暮らすことになるのだなと、自分の身の上になにが起こっているのかについてはよく理解し、それに抗《あらが》う気持ちはまったくなかった。

小芝紫苑は内弟子の滝江に藤助の面倒をみるよう言い付けた。藤助より一回りも上だろうか、この滝江という女もまた寡黙を極める者でよけいなことは口にしない。絵師を志し紫苑に学んでいるとは言い状、食事や掃除など身の回りのことから家事一切の世話をする様はまるで下女のようであったが、それに愚痴ひとつこぼすでなく不平を洩らすわけでなく、ひたすら紫苑の

指示に従うのみだった。

そこへ藤助という滝江にとっては何の縁も義理もない子どもが同居することになったのだから当然ながら家事の負担は増す道理だが、いっこう気にする素振りもなく、ただ藤助に必要なことのみを行う日々が過ぎていく。邪険にするでなく可愛がるわけでもなく、心の内を覗かせまいとするこの女に、藤助は奇妙な親近感を覚えるのだった。

紫苑はしばらく藤助に対し好き勝手に筆を持たせて描かせていたが、頭の中の造形を再現してみせる才があることを見透かしたうえで、昆虫ばかりでなく目の前にある花や草木など、見た物を見たままに写し取るよう指導し、やがて山川流水《さんせんりゅうすい》といった自然の景色をくり返し描かせた。そしてそのうち、

「藤助や、おまえは何が描きたいのか、はっきりと言うてみ。描きたいものがあって、それを描くのが絵師というものぇ。ただ頭の中にある形を筆で再現するだけならば、それは絵師の道とはちがう。ここに来て一年がする。もうすぐ十になるんやろ。どうえ、描きたいものがあるかないのか言うてみ」

そう訊かれても藤助ははっきりと答えられずにいる。それでも八幡屋にいたころ佐助兄さんが大きな眼鏡をかけている様を描いたときに、よく似ていると誉められたことを思い出した。あのときの充足感は格別だった。だから藤助は答えた。

「人が描きたい。人を描きとうてたまらん」

「ようう言うた。わたしもきっと、いつかおまえは人を描きたくなるやろと思っていました」

紫苑はそう言うと滝江を奥へ呼んで襖を閉めさせた。

「滝江、帯を解いて肌脱ぎになりよし」

さすがの滝江も驚きを隠そうとせず、ただ逡巡《しゅんじゅん》するばかりの姿を指して、

「藤助、滝江のこの姿を写し。きれいに描こうとしなや。しっかりと見て、正確に写し取るんや」

こうしたことが半年近くも続き、藤助は十歳になった。滝江は藤助の前で肌脱ぎになることをためらわなくなり、藤助もその姿を描くことに心地の良い充足感を覚え始めていた。

「滝江、躰よじったりして妙なしなをつくりなや。立ったままでええ。辛抱しよし」

それから藤助に、

「滝江の顔は描かんでよろし。ええか、首から下を写すんや。線を大事にな。誤魔化したらあかんえ」

こうした日々が過ぎていくなか、小芝紫苑に一通の書状が江戸からもたらされる。それは狩野派の師匠筋に当たる新藤《あらふじ》歌聖《かせい》という女絵師からのものであった。

十五年ほど以前、紫苑がまだいまの滝江ほどの年齢だったとき、幕府より狩野派一門に江戸城本丸の大奥へ四季を写した襖絵四対の献上が命ぜられた。そこから一門は三年の歳月をかけ

襖絵を完成させ、この国の春夏秋冬を写した大作を『華雪月花《かせつげつか》』として幕府を通じ大奥へ納めた経緯があった。そこから三年に一度、絵に傷み、色褪《いろあ》せがないか点検して修復することが決まり事となっていた。

無論のこといかに狩野派の大御所といえども大奥は時の将軍以外の男子が足を踏み入れることはできない。そこで女絵師である新藤歌聖がこのお役目を務めることとなっていたのだが、

「わたくしも齢《よわい》五十五となり目も霞《かす》み、筆を失することもしばしばとなっては、とてもこうした大役は務まらぬ。そこで派一門で話し合いこの後は紫苑、そなたにこの役目を引き受けてもらわねばならぬ仕儀と相なった。これは打診にあらず、命であるからして、必要な物品金子は一門が手を尽くすので、この名誉を受けて三月《みつき》の内に江戸へ下るよう支度してもらいたい。その際はそなた一人のみとはせず女弟子一名の帯同を向こう様に申し出る所存であるが、なにぶんともに江戸城大奥直々のことゆえ、帯同する者の素性はくれぐれも吟味のうえ、出自ほかを至急報し寄こすように。旅の手形など手続きの一切はこちらで致しますゆえ」

江戸と京都という距離のことはあるにせよ、そもそも狩野派は京都が発祥。江戸狩野《えどかのう》の隆盛もあって小芝紫苑はかつて一度として師の帯同などを打診されたことさえなく、寝耳に水の内容だった。とはいえ紫苑にとっては真に名誉のことであり、一門ばかりでなく女絵師として名を広めるまたとはない機会であることは自明の理だった。ただこの大役、ひとつ間違えば斬首《ざんしゅ》にさえなりかねない際どさをもはらんでいるものの、打診でなく命令だと書状にあるからは断

る術もなく、紫苑はすぐに承知の旨返信するが、帯同は一名でなく二名をお許しいただきたいとの嘆願を書き添えたのだった。

「もう一名はまだ九歳の男児にてわが内弟子として育てたる者、十歳以下の男児は大奥への帯同を許され、一泊のみはお構いなきものと聞き及んでおります。この者、名を小芝藤也《とうや》と申し、近江の大店《おおだな》八幡屋佐兵衛方より迎えましたる男児にて素性は卑しきにあらず、これを同じく内弟子の女、小芝滝江とともに同行させていただきたく、ご許可のほど、よろしくお取り計らいくださいますよう伏してお願い申し上げる次第です」

十になる藤助を九つと偽り、名も便宜上藤也としてさえ、どうしても帯同させたかったのには、小芝紫苑の思惑があった。紫苑は面と向かって藤助の絵を誉めたことはないが、この一年の上達ぶり、その画才には瞠目《どうもく》していた。ためにどうしても一門総掛かりで仕上げた「華雪月花」を藤助の目に焼き付けて欲しかった。独り身ゆえ子もおらぬ紫苑は藤助を一人前の、いや自身を超え、狩野派をも超える絵師に育てることをこの先の支えにしようと心に決めていたのであった。

〝藤助〟では商家の小僧のようでいかぬ。よって〝藤也〟に改めたうえ、ふたりに〝小芝〟を名乗らせたのは素性に見合った名とするためであり、滝江の出自ついて語れば、食うや食わずの小作さえままならぬ貧農に産まれ、これもまた端者として八歳のときに東山の女郎屋に売られるところを紫苑が引き取り、内弟子として家に置いた女であった。藤助と滝江の素性が暴露されることあらば、小芝紫苑本人どころか師匠筋の新藤歌聖、いや狩野派の本筋さえことごとく無事では済むまい。それでもこの二人を江戸下りへ帯同させたかった紫苑は、滝江にも藤助にも共通する哀れを感じていたからで、結句それを愛情と呼んでよいかもしれぬ。その証左に二人の素性が暴かれたなら、それはそのときのことと、紫苑は覚悟を決めていた。

手紙のやりとりを幾たびかくり返し、許可が下りたのがひと月後のこと。近江の八幡屋佐兵衛に話を通して五十両を借り受けて旅支度を調え、山越えのための駕籠や人足などの手配一切を任せて京を出立したのがさらにひと月後のことだった。小児連れの女旅を心配し、近江商人である八幡屋は船旅の手配をと何度も水を向けたのだが、狩野派本家筋からは新藤歌聖を通して必ず手配の陸路で来るよう命じられていた。船旅は天候しだいで日数が読めないうえ、難破など万が一のことがあってはこの大役に支障をきたす恐れなしとせず、それは困るというのだった。

八幡屋が心配したように女小児《おんなこども》の足である。東海道を下ること二十幾日、大津を抜け膳所《ぜぜ》から琵琶湖を渡って水口、亀山、神戸《かんべ》の城下へ入ったところで江戸からちょうど百里だと聞かされ、藤助と滝江はともかくも紫苑はとんでもない引き受けをしてしまったと後悔しはじめていた。

尾張へ入り長嶋、岡崎、松平様の吉田城下から駿府は濱松、掛川で大井川を渡って江戸まで四十里の府中へ。そこから沼津そして小田原と、いくつもの宿場を通って川崎、品川で宿《やど》への呼び込み声を聞いたときには安堵と緊張感の入り交じったこれまでに感じたことのない思いにとらわれていた。ましてや、遥々《ようよう》のことで江戸は日本橋へと到着し欄干《らんかん》の擬宝珠《ぎぼし》を目にしたとたん、覚悟を決めていたとは言い状、小芝紫苑は事の重大さに押し潰されそうになっており、比して滝江と藤助は見るもの聞くもの珍しく、はしゃぐような者たちではないにせよ、いわゆる東下《あずまくだ》りを楽しんでいる風であった。

手配された宿にいったん入り、そこから狩野派本家筋に始まり、師である新藤歌聖への挨拶回りやら段取りの打ち合わせやらに日々は流れ、訪ねる先々で大奥での戒めを説かれる。滝江が心配するほど紫苑の食は細くなり、頬も削《そ》げていく。江戸見物どころの騒ぎでなく、大役を終えて一刻も早く山科へ戻りたいものと思い詰めているうち、とうとうその日が来た。

三名は指定された通りの白の装束《しょうぞく》に身仕舞いを整え、大奥の長廊を案内されるままに進み、お女中方に導かれて「華雪月花の間」と呼ばれる間口六間二十四畳はあろうかという広間へと通されると、絵画修復に必要と思われるお道具ひと通りがすでに用意されていた。この部屋をぐるりと囲む二枚ひと組都合八枚の襖絵を見た小芝紫苑は身じろぎもせず、ただじっとそれぞれの絵に見入るばかり。そのうちに目をつむると長い間瞑目《めいもく》する。狩野派本家筋との間でくり返し行われた打ち合わせで、下絵は完全な形で頭に入ってはいたが、絢爛《けんらん》たる真筆《しんぴつ》の迫力には圧倒されるばかり。

「もし金泊が剥《は》がれるなどおまえの手に負えぬ不都合を認めた場合は無理をせず報しくれるように。いったん襖絵を大奥の外へ持ち出して修復する手続きを取るゆえ」

念を押されていた紫苑だったが、とにかく微細に入念に点検してゆかねばならない。滝江は何をどうすれば良いやら紫苑の指示を仰ぎたいのだが、うっかり声もかけられぬほどの緊張感で「華雪月花」の間は満たされていた。

夏空に雲がたなびくなか、花弁が風に煽《あお》られて揺れ、その微かな音に怯えた小鳥が二羽枝から飛び立とうとする様は、雨粒こそ描かれておらぬものの、俄《にわか》の夕立を予感させる「華」。深紅にひらいた寒椿の花弁に積もる白きは「雪」である。石庭を覆うほどの雪景色のなか、松の枝は積もる雪を振り払うかのように緑を深くしている。

すすき野原の池の水面に映り込んで心なし揺れている「月」を描いて秋の気配を表す。噂を耳にしたことはあるが、この二図はいったい狩野派のだれが筆を執ったものだろう……まるで江戸琳派《えどりんぱ》が描いた線のようだと紫苑は呆けたように見入った。

咲き誇る櫻。これぞ「花」と心の内で快哉《かいさい》を叫ぶが如き春爛漫の図。枝振りといい葉と花の配置といい、狩野派にあっては大奥「華雪月花」を描いた者たちの名を明かさぬが決まり事なれど、この二双四曲の襖絵については紫苑、いささか思い当たる節がなくもない。

紫苑と弟子二人にはその夜、お女中部屋のような中部屋が用意されており、厠《かわや》へ用足しに行く以外に部屋を出ることあたわず、食事も運ばれてきた膳に箸を付けるのみ、味の感想を口にすることも憚《はばか》られるどころか声を出すさえ躊躇《ためら》われ、ためにほとんど会話もないままに、藤助を挟んで三人が一つ部屋、川の字で横になるという、すべて初尽くしの一夜となった。

紫苑と藤助はなかなか寝付けない。慣れぬことばかりの滝江が眠りに落ちる寸前のこと、

「滝江、明日はお女中衆の指示に従って藤助を連れここを去りよし。宿まではご案内が付くさかい戻ったならばふたりしてわたしの帰りを待つように。くれぐれもこの江戸の街を出歩いたりしたらあかんえ」

「先生、わたしがお世話せんでよろしいのですか」

「おまえがおったかて、役にはたたん。それより藤助を連れ出すことが先や。この子はまだ九歳。男児は九歳までなら一泊のみ許さる。せんど言い聞かせたこと、忘れてはいまいな」

紫苑の言葉に「へえ、承知しています」と返事した滝江は、不安そうに、

「お師匠さんはいつ宿のほうへ下がることが許されますんやろか」

紫苑は天井の一点を見つめたまま、

「分からん。三日か、四日か、五日になるか、見当もつかしまへん。とにかくあんたらはわたしを待つことや。宿に話は通っているさかい心配せんでもええしな」

滝江は絵師になりたいのではなく、ただ紫苑のそばにいたいだけなのだし、紫苑は滝江を絵師に育てるつもりはなく、ただ手元に置きたかった。ふたりはそういう関係だった。

ふたりのやり取りは聞こえていたが、藤助はひと言も発しない。むろんのこと眠っていたわ

けでなく、自分がいまどんな状況に置かれていて、それがどれほど特別なことか、十歳の藤助にはまったく理解の外であった。

長じてこの日のことを幾度思い返してみても、それが実際に起こったことだと歌麿自身、信じがたかった。ただ喜多川歌麿は十歳の折、その数年後には大奥不手際による火災にて焼失してしまう、狩野派一門による「華雪月花《かせつげつか》」を、手が届くほどのところから目の当たりにしていたのである。


明けた翌日、藤助は滝江に手を引かれ狩野派一門が手配した日本橋呉服町の宿へと戻った。そしてそこからまる四日、ひたすら小芝紫苑の帰りを待った。

夕餉《ゆうげ》を終えたあとは早々《はやばや》と床に着く。

「お師匠さん、ほんまに帰ってくるんかな」

訊くともなし滝江が藤助に問う。

「帰らんかったら、どうなるん」

「さあなあ、どうなるんやろか」

なんだか怖くなった藤助は滝江の布団にもぐり込んだ。

「ええ匂いや。女衆《おなごし》はみんなええ匂いや。わしが生まれ育った場所にも女衆が幾人もいて、みんなええ匂いがした。それで腹が減ると乳を含ませてくれるんや」

「藤助、わたしの乳を含んでもええのやで」

藤助はむっとして、

「もう十にもなって、女の乳は含まん」

そう答えたあと、やや間があって、

「女いうんは、しんどそうやな」

「おやまあ、大層な口きいて」

そうは言ったものの、滝江は否定しなかった。それから、

「なあ、藤助、あんたあの絵をどう観たえ。やっぱりいずれはああした絵が描きたいと思ったんな」

しばらく沈黙が続く。

「色遣いも構図も凄いと思う。もっともっと修行せな、ああした絵は描かれへん。それでも、わしは描きたいとは思わん」

「なんでなん。なんで描きとうないと思うんや」

「どの襖のどの絵にも人が描かれておらん。人のおらん絵は描きとうない。女衆のおらん絵は、嘘くさい」

「嘘くさいかあ……なあ、そのこと、お師匠さんが帰って来はっても言うてはあかんよ」

「……なんでなん」

「それはさっき、あんたが言うたんやないか。女に生まれるいうことは、ほんまにしんどいことやさかいな。それは紫苑先生も身に浸みているはずや」

藤助は頷くと、自分を育ててくれたお女郎たちのしんどいしんどいと嘆く様子を思い返していた。月に一度は必ず厠で血を流す者、痛い痛いと見世《みせ》に出られぬほど病む女もいた。

いろいろと思い出した藤助は滝江の躰にしがみついて眠った。そんな夜が四日も続いたころ、小柴紫苑は大奥「華雪月花」から解放され、金子百五十両と共に宿へと戻ってきたのだった。

同居してひと月ばかりしたころ、父親が珍しいものを見せてやろうかと水を向けてきた。

「いままで誰にも見せたことはない」

「亡くなったおふくろにもか……」

もちろんだと父親が言う。

「お母ちゃんなんかに見られたら、何言われるか分からんからな。とにかく隠し場所には苦労した」

妹もその存在は知らないはずだという。

「おまえは跡継ぎというよりは男だから、いずれは見せようと思ってたんだ」

「てってことは、女に見せるようなもんじゃないってことか。エロ本の類とか……」

父親はへろへろと笑いながら、

「あれはもう、二十年も前のことになるかな。おまえは東京にいて滅多に帰って来なかったから知らんだろうがな、市の商工会議所がまだ盛んなころでヨーロッパ旅行を主催したことがあったんだ」

父は観光課だったことから随行を打診されたという。

「海外なんか行ったことはなかったし、幾らか助成金も出るってことでな。お母ちゃんに相談したらぜひ行って来いって言うもんだからな」

「ヨーロッパって、どこへ行ったんだ」

「ロンドンからローマ、パリとまわって五泊七日の強行軍だった」

「おふくろは連れて行かなかったのかい」

「ああ、誘ったんだがなあ。半分仕事みたいな忙《せわ》しない旅はご免だってな」

いかにもおふくろらしい言い草だ。

「でな、観光課からの随行員ということだから、商工会の参加者連中はなんだかんだ頼み事をしてくるわけだ。主に言葉さ。通訳しろってわけだが、おれはまるっきりだからどうにもならんよ。わずかな助成金もらって喜んで付いてきた自分がバカだったたって後悔したさ」

父親はつくづく母親を連れて来なくてよかったと思ったそうな。

最終日となるパリで朝市へ連れて行って欲しいという夫婦が三組いて、添乗員に同行を頼んだのだが地図を渡されただけであっさり断られてしまう。

「翌日の手続きやらいろいろあって、とてもじゃないがそこまで面倒はみきれんということでな。まあ、おれと同じ歳くらいに見えたが、よくあんなに動き回れるなってくらい忙しそうにしてたから、それ以上無理も言えんからなあ」

朝市といっても行きたかったのは骨董市だったようだ。

「栃木は骨董好きが多くてな、結局ひと組増えて都合四組のご夫婦をパリの骨董市へ案内する羽目になったたってわけさ」

「おやじ独りでか」

「そうさ、おれが独りでさ。ほかにどうしようがある」

「よく、まあ……。で、行けたのか、パリの骨董市へ」

「それがなあ、いまだによく分からんのよ。骨董店が数軒並んではいたが、あれが本当にパリの朝市だったかどうか……」

笑ってしまう。それ、たぶんというか絶対に朝市ではないと思う。

「人に訊くわけにいかんし、訊いたところで説明されてもぜんぜん分からんから、ここが有名なパリの朝市だと、参加者にはそれで押し通した」

「納得したのかね」

「いや、不審がっていたな。それだってさ、あの人らもまったく喋れんのだから、それで納得するよりねえわなあ」

そう言って父親はいい顔で笑った。

その骨董屋を何軒かめぐっているうち、参加者の夫婦たちもなんとなく納得して、父親がまったく頼りにならないことを悟り、自分たちで身振り手振りしたり紙に数字を書いたりしながら買い物を楽しんでいるふうだったという。

「おれもさ、この先二度とパリどころか海外へ来ることなんかないと思ってな。何か記念になるような、お母ちゃんへ土産を買おうという気になってな」

おっかなびっくり品物を手に取って見ていると、店の主人らしき人が手招きしたという。

「みんな軽装で来ているだろ。おれだけネクタイしてたからな、金持ちだと思われたんだろう」

こういう話を聞くのは初めてで、ひどく面白い展開に聞き入ってしまう。

「おまえ、パリへ行ったことはあるか」

「パリは通過しただけ。二四時間耐久レースの取材でル・マンへ行ったことはある。それより話の続きはどうなるんだ」

手招きされるままに奥へ付いて行くと、主人は大事そうに古い木箱を取り出して、しきりにジャポネ、ジャポネをくり返す。おまえさんたちは日本人か、またはこの木箱に入っているものは日本のものだと言っているのか、父親には分からないけれど、とにかく紐を解いて中を見せて欲しいとジェスチャーで伝えたら、どうやら通じたらしい。

「それが、これだ」

父親は押し入れの奥の奥から古い木箱を取り出し、驚くなよとつぶやくように言いながら紐を解いてみせた。

「どうだ、凄いもんだろ」

そう言われても、どこが凄いのかよく分からない。

箱は思ったより大きく、中は十等分に整然と区切られていて、ひと区画に一つずつ器が納まるように仕上げられているのだが、うちの四つは空で、入っている器は六客ある。

「これって、いわゆる蕎麦猪口か……」

「まあ、ちょっと大ぶりの蕎麦猪口《そばちょこ》だな。骨董の世界だと〝向こう付け器〟なんて呼ぶらしい。十客揃えだったんだろうが四つは欠けちまったんだろうな」

とにかく見てごらんと促されるままに手とってみて驚いた。

外側は藍の単色で絵付けされているのだが、なんと内側は総天然色つまりカラーなのだ。器の外観が藍、中が色絵である理由もひと目見て分かった。色絵はどれも枕絵、要するに春画というやつだ。六客すべて取りだして眺め尽くす。

「ええっ、なんだこりゃ――」

「確かに凄いなあ、こりゃあ驚いた」

芦原の向こうに浮かぶ小舟。うっそうと伸びた草むら。裏表に二つの囲い屏風。人目を忍ぶように開いた番傘。格子柄の障子は隙なく閉じられている。夜道を思わせる街道筋。どれも器の外を覆う藍の絵付けであり、内はどの器にも色絵で男女の交わりが描かれている。若侍と町娘の逢い引き。夜鷹女と絡み合う町奴。人妻らしい年増女に絡みつく職人。遊女とおぼしき女体にむしゃぶりつく若旦那。歌舞伎の女形《おやま》役者にしだれかかる商家の娘。通りがか

りの生娘を手込めにしようとするやくざ者。性器から陰毛まで程よく描かれている。しばらく見とれていると、

「おい、中身ばかりじゃなく箱の蓋をよく見ろよ。かすれて薄くなってはいるが〝下野にて筆〟と読めはしないか」

言われてみれば、そう読めなくもない。

「でな、おれがそのことに気がついたとき、骨董屋の主人が叫んだんだ、ウタマロ、ウタマロってな」

父親本人いわく、それまでこういう趣味はまったくなかったのだが、これはどうしても買って帰らなければいけないと決断したという。

「いったい幾らしたんだい。高かったろう」

「高かったさ。当時フランで幾らだったか忘れたが、とにかく高かったことだけは憶えてる」

それでもどうしても買わなきゃならないという義務感のようなものに父親は捉われたのだという。

「だいいち、おやじ、そんな金をよく持っていたな」

「連れてこられなかったお母ちゃんに、フランス製のブローチかスカーフでもと思ってさ、手持ちの現金をほぼ向こうの金に換えてはいたんだが、それでも足りなくてな、結局引率して行ったご夫婦からも借金する羽目になってさ」

貧乏しても借金だけはしたことがないと、それが自慢の父親がよくそこまで思い詰めたものだ。

「言葉も通じない骨董屋の主人を信用したわけじゃないが、ひょっとしたら歌麿が栃木で描いたものかもしれないと思ったことは否定できない」

そうだろうと思ったが、歌麿が絵付けをした器があるなんて話は、どの資料を読んでも出てこない。知識は浅くていいが、間口は広くしておかないとライターという仕事は喰いづらくなる。要は何でもござれの半可通《はんかつう》というわけだが、とくに骨董だの焼き物だのにはいたって疎《うと》いものの、絵付けのあと焼成しないと器にならないくらいのことは知っている。誰かがここ栃木で絵付けしたとして、いったいどこで焼いたのか。外の藍と内の色絵を焼成して定着させるには二度、三度と焼きを重ねなければならないだろうし、それには余程の技術と設備が必要なはずで、

「凄くよく出来た蕎麦猪口だと思うよ。いかにもフランス人が好きそうな逸品ではあるがさ、戦後に土産物として生産された輸出品じゃないのか。箱書きだって意図的に〝時代を付けた〟ものなんじゃないかなあ」

「バカ言え、裏の高台を見てみろ。江戸後期に造られたものに間違いないんだ。おれはお母ちゃんに土産も買えず、手ぶらで帰ってきた理由も話せず、夜中に独りで眺めるしかなかったわけだから、この蕎麦猪口についてはいろいろ勉強したんだぞ」

父親がムキになった。

「それにさ、おれが読んだ資料本に男根の大きな日本人を描いた絵のことをフランスでは〝ウタマロ〟と呼ぶらしいぜ。骨董屋の店主が盛んにウタマロと叫んだのは、きっとそういう意味だったんじゃないか」

いや違う。話にならないと父親は譲らない。

「いいか、喜多川歌麿に『歌満《うたま》くら』という春画集があるんだが、その幾枚かの構図にこの蕎麦猪口に描かれているものとそっくりなものがあるんだぞ」

栃木に生まれて歌麿の小説を書こうという奴にしてはまったくの勉強不足だと怒り出してしまった。

「誰にも一度も見せたことはなかったが、ふん、やっぱり見せるんじゃなかった」

そうか、父親がここまで歌麿と栃木の関係に肩入れしていたとは、まったく知らなかった。

ああ、それで歌麿を主人公にした小説を頼まれているとおれが口走ったとき、ベッドの上でじっとこっちを見つめていたわけか……。

参

大奥から戻った小芝紫苑はそこから数日、狩野派幹部への挨拶回りなどに追われ、神経をすり減らしていく。紫苑が戻ったらすぐにも京へ帰れると思っていた滝江と藤助は、まだ宿に籠もってその日を待たねばならなかった。

この江戸下りがきっかけとなって、己の技量の底を見た紫苑は、それから女絵師としてもがき苦しんでいくこととなる。

「滝江、明後日には宿を出て京へ戻るえ」

この言葉を待っていた滝江と藤助は胸をなで下ろした。

帰り道中のことは来たとき同様、師匠筋の新藤歌聖がすべて段取りを整えてくれている。

「なぜ明後日かいうたらな、わたしにはもうひとつやらんならんことがある。藤助、明日はおまえを連れて行くところがあるからや。ええか、おまえは山科へは連れて帰らん。この江戸に残るんや」

藤助はむろん、滝江も紫苑の口から出たひと言に、ただ呆然とするばかり。歳を偽って大奥へ上がったことがばれたのだとふたりは同じように直感した。

「そうやない、ちがうんや。わたしはな、今度のことで絵師としての自分の限界を知った。もっともっと精進せんとあかんこともよくよく分かった。それとな藤助、おまえにはわたしとはちがう道を歩かせなならんこともはっきりと理解しました」

それだけを二人に言い渡すと紫苑は部屋に備えてある小机に向かって手紙をしたため始めたのだった。

藤助は紫苑がなにを言っているのかよく分からない。けれど滝江には紫苑の言葉の意味が嫌というほど理解できた。その晩、滝江は藤助を自分の布団の中に引き寄せると、

「あんた、がんばりよし」

藤助をぎゅっと抱きしめた。藤助はなにか逃れることのできぬ得体の知れない不安から、滝江の躰にしがみついてほぼ一睡もせぬままに夜明けを待った。

「藤助、よう聞くんや。これからおまえを小室芳斉《こむろほうさい》という男のところへ連れて行く。絵師や。住まいは江戸のはずれ、根岸という里にある。家の前まで一緒にいくけれど、わたしは中には入らず芳斉とも会いません。事情の一切はこの手紙に書き記しておきました。おまえは家に入ったら取り次ぎの者ではなく、直にこの手紙を小室芳斉に手渡して、その場で読むようにとこ

の小芝紫苑から言われた旨を伝えなさい。それからな、名を訊かれたら小芝芳也やとはっきり答えなさい。芳也の芳は芳斉先生から取った〝芳〟やとな。それからもうひとつ、どうしても約束してもらいたいことがある。大奥でのことは生涯誰にも話してはなりません。大奥で見聞きしたことはむろん、上がったことそのものを忘れてしまいなさい。ええな」

「あの……絵のことも」

「当たり前や。一生やで、一生誰にも明かしたらあかん。忘れておしまい」

「先生や滝江のことも忘れんといかんのか……」

「それは、ええ。忘れんでええ。わたしのことも滝江のことも、忘れんといて欲しい」

紫苑の目から一筋こぼれ落ちた。滝江は止めどなく涙を流している。

これからおまえがどんな道を歩くことになるのか想像もできないけれど、きっと辛いことばかりにちがいないと紫苑は藤助に言い聞かせた。

「ひどい扱いを受けるかもしれん。それでも人を、人間を描く絵師になりたいと思うなら、辛抱せんとならん。ええか。わたしの言うてることが、まだおまえには分からんと思う。それでもどうしても辛いときはな、生まれた場所のおなご衆を思い出し。近江の八幡屋さんでのことを思い出し。わたしたちのことを思い出し。それで凌《しの》げるはずや。辛抱して気張ればおまえの画才ならば必ず道は拓ける。ええな。おまえももうすぐ十一や。忘れなあかんことと、忘れたらあかんことの区別はつく歳やしな」

根岸の住まいというのは小体な隠居所のような構えだった。その前まで来ると、小芝紫苑は藤助の肩を押し出し、そのまま振り向くこともなく戻って行った。午《ひる》を回ったころで小室芳斉は在宅していた。紫苑から言われたとおり手紙を渡す。それに目を通した芳斉が、

「おまえ、年は幾つになる」

「もうすぐ十一です」

「名は」

「小室、芳也」

「読み書きはできるのか」

「あまりむずかしい字は書けないけど、ひと通りは」

「ならばおのが名の『ほうや』の〝ほう〟はどう書く」

藤助は紫苑に教わった通りのことを答えると、芳斉は鼻でせせら笑った。

「この手紙、読みたいか」

藤助は無言のままに首を振った。

「そうか。それでも読んで聞かせよう」

紫苑の手紙は真に簡潔なものだった。

「この者、画才ありと認。詳細は本人にお尋ねいただきたく、あなたはこの者を絵師として

世に出す義務あり」

たったそれだけだった。

「ふん、あの女……」

それだけ言うと芳斉はそのまま奥へ引っ込んでしまった。どうやら飯炊きの老人と二人暮らしのようで、老人は藤助を勝手口へと呼び込むと湯漬けを振る舞ってくれた。


小室芳斉とは、もとは旗本の妾腹で本宅へ引き取られ帯刀の身となって二本差したはいいが根っからの放蕩者、それが仇となり小室の家を放逐《ほうちく》されたあとは江戸を出て京、大坂あたりを経巡《へめぐ》り歩き、ひたすら酔狂の道に励んだ。この男、絵筆も持てば狂歌もやる。一応は狩野派の流れを汲む絵師ではあるが浮世絵も描けば絵双紙、草双紙、滑稽本も書くという多才ぶりで、自らを狩野派の異端者と豪語し、本宅からの仕送りもあってその日の凌ぎに困ることはなく、四十を過ぎた頃に京都で出会った小芝紫苑と理無《わりな》い仲となり、結句紫苑を弄《もてあそ》んだ経緯がある。紫苑を棄て江戸に舞い戻った芳斉は、根岸にある小室本家の別宅へ転がり込むと、雇い人の老人を斡旋《あっせん》してもらって居を構えた。もう五十になるがこれと定まった女はいない。江戸ではそこそこ名の知れた町絵師である。

根岸の里と聞けばいかにも草深き田舎と思われがちだが、そのじつ浅草にも上野の広小路にも近く、小半刻《こはんとき》もあれば新吉原の大門もくぐれる距離にある。そのため大店や大身《たいしん》の別宅や隠居所が多く、仕出し屋も数件あって、芳斉には好都合の土地柄だった。

「あなたはこの者を絵師として世に出す義務あり」

この一文には、紫苑の様々なやるせない思いが込められている。五十歳ともなれば芳斉も紫苑の心情を解するにやぶさかでなく、藤助を内弟子として寄宿させ、名もそのまま小室芳也と改めたものの、まずは老人と共に賄いや掃除など下働きに使い、まるで紫苑の元にいた滝江のような扱いだと芳也は思ったが、月日が経つうち絵筆を持たせてもらえるようになり、師匠となった芳斉に怒鳴り散らされ、打ち据えられながらも、その度に「辛抱、辛抱」と唱えながら絵師としての修行を積むうち、四年が経《し》た。

近江ノ国は守山の遊女屋で生まれた小丸は、芳也としてどうやら十六歳まで生き延びた。この者の命をつないだのはひとえに持って生まれた画才の縁《えにし》であった。


小室芳斉というのは気むらな男で、いかにも師匠ぶって芳也の描いた紙を引きちぎってわめき散らしたかと思えば、狂歌の手ほどきをしたり、ある時はまた滑稽本を書くコツを延々と説いたりしてみせる。

江戸には大小合わせて幾軒もの版元があり、芳斉に注文が来ることもあった。そんなときは長いこと小机に向かって呻吟《しんぎん》しているのだが、そのうち、ぽいっと外へ出たまま三日も帰ってこないこともしばしばだった。芳也は三度三度食べさせてもらってはいたが、この家に来てから小遣銭など与えられたことがない。それでも不服なかったのは、芳斉の留守中はひとつしかない小机に向かってどんなに紙と墨を使っても、文句を言われたためしがない。とは言い状、どこかに遣いに出されるでなく、お供を命ぜられるわけでなく、芳也にとっての江戸とは滝江と一緒に紫苑の帰りを待った日本橋呉服町のあの宿屋と、ここ根岸くらいのものであり、江戸の街の何たるか、その文化の中心に自身がいることなどまったく思いもよらないのだった。

ただ行ってみたいと思い詰めるのは兄《あに》さんと呼んでいた佐吉が住むはずの下野《しもつけ》の国、栃木のことである。町の真ん中に水路が通っていると聞いた記憶だけが残っている。早く一人前の絵師となり、そのあかつきには佐吉兄さんを訪ねてみたいと、望みといえばそればかりだった。

あるとき、三日ぶりに根岸へ戻ってきた芳斉は、ひとりの若い男を客として伴っていた。芳斉は着物の柄も帯も羽織も歳に似合わぬ派手好みで伊達男を気取ってはいるがどこか貧乏臭い。その男はまだ二十過ぎ、深い紺色のいかにも仕立ての良さそうな着物に黒帯をきりりと結び、上から明るい茶の羽織りを肩掛けにしている。粋という言葉の意味が分かりかけてきていた芳也は、その姿を描いてみたいと思った。

これまで意図せずして命をつなぐ出合いを重ねてきた芳也にとって、それは絵師として立つための運命的で、しかも決定的な出合いとなった。その男の名は蔦屋重三郎《つたやじゅうざぶろう》という。

「おまえさんが芳斉先生のお弟子さんかい。十六だそうだな。噂は聞いているよ」

茶を運んできた芳也に、蔦屋重三郎がそう声をかけると、

「おいおい、蔦重《つたじゅう》、こいつの前で妙な物言いは迷惑千万。おれはこいつの噂などしたためしがないし、だいいち、これは弟子ではなく下働きの小僧だ」

芳斉の言葉にはまったく取り合わず、

「おまえさん、絵筆はなかなか達者だそうだが、女は描けるかい」

芳斉は口を挟むことなく、不愉快そうに天井あたりに目をやる。

「女が描けたら、おれのところへ持ってきな。日本橋で蔦屋耕書堂《こうしょどう》と訊けばすぐ分かる。ただし、ありきたりの女絵姿じゃあいけねえ。男もいる。女と男の相対絵図《あいたいえず》だ」

十六になった芳也には、芳斉が蔦重と呼ぶこの男の意図がよく分かった。言っている意味も分かったが、それよりなにより、いつかこんな日がくるにちがいないと絶望的に信じていたその日が、今なのだと直感した。背筋に震えが走った。

「蔦重、勝手なことを吹き込まれては困るぞ。おれはそういうつもりでおまえをここへ連れてきたわけではない」

「先生、この坊やにおれが何を言ったって不都合はありますまいよ。弟子でもなけりゃ身内でもねえ。ただの下働きなんでしょ」

芳斉は苦虫を潰したような顔で蔦重と芳也に代わるがわる目をやるばかり。

蔦重は出された茶をくいっとひと息に飲み干すと、

「それじゃあおれはこれで」

「おい、なんだ、帰るのか」

「これでなかなかに忙しい身でしてね」

「だったらなぜ付いてきたんだ」

「なあに、この坊やに会ってみたくて先生に付いてきたんでね。こっちの用件はこれでおしまいでさあ」

なんと身勝手で無礼な男だと芳斉は不機嫌の極み。そのまま奥へ引っ込んだ。代わって芳也が玄関口まで蔦重を見送りに出る。

「長いことは待たねえぞ。四、五日うちに描き上げて持ってこい。店の者にも話しておく」

と言った先から言葉を続けて、

「芳斉先生、ありゃおまえへの悋気《りんき》だな。おまえさんにどれほどの画才があるかは分からねえが、本気で絵師としてやっていく気なら、潮時ってものを見逃しちゃならねえよ」

そう言い捨てて蔦屋重三郎は去っていった。


父親の具合は良い日と悪い日の差がはっきりしてきている。

「『雪月花』がなあ。どうして流失したもんか……。ここ栃木で描かれたにちがいないんだよ。あの紋付きの女は誰なのか、おまえ、その辺を詳しく調べてみろ」

はっきりとそう何度もくり返す日があれば、ただ日がなぼんやりと過ごす日もあって、そういうときは散歩に促すのだが、なかなか腰を上げようとしない。食も細くなった。長男としては〝父親の時間〟に急かされるように不安が募る。ほかに頼る筋もないから佐野市に住む妹へ電話を入れると、翌日来てくれた。

「あべこべになったねえ」

妹が言う。まったくその通りだ。いつごろこっちへ戻ってこられるかと妹から東京に電話があっても、その度に生返事ばかりしていた。

「ホントにあべこべだ。まいったな」

「週に一度でもデイサービスへ行ったほうがいいよ。お父ちゃん、人と話すの嫌いじゃないから、きっとすぐに馴染むさ」

妹に同行してもらい、とにかく市の福祉課へ相談してみることにした。

福祉課で応対してくれた女性は五十歳くらいだろうか。父親のことを知っていると言った。

「そうですか……。以前に観光課を手伝っておられたウタマロさんですよね。ご心配ですねえ」

「えっ、あのう……ウタマロって……」

相手方の勘違いだと思ったから否定したのだが、横で妹が袖を引っ張るのを見て、

「あらやだ、ごめんなさいねえ。ほら、お父さん、この栃木市と歌麿のことをとても熱心

に勉強されていたから、わたしたちは〝ウタマロ〟さんって呼んでいたんですよ」

父親が頑固なこともよく心得ているから数日うちに見舞いを装って自宅まで様子を見に来てくれると約束してくれた。

「おまえ、おやじが〝ウタマロさん〟なんて呼ばれるほど歌麿にご執心だったこと、知ってたのかよ」

「知ってたよ。お母ちゃんが亡くなったあとぐらいからかなあ。趣味らしい趣味のない人だもの」

「……そうか、ちっとも知らなかった」

自分は父親のことをほとんどなにも知らないことに、あらためて気付かされた。

「だったらおまえ、あのことは知ってるか。あの蕎麦猪口の一件を――」

「えっ、なんのことだね、蕎麦猪口って」

父親が言った通り、妹はなにも知らされていないようだった。ずっと側に暮らしていた妹が知らなくて、ほとんど帰省しなかった自分だけが知っていることもあるんだなと思うと、よく分からんが、これはどういう気分と説明したものか。

「福祉課の人が訪ねて来ることは、お父ちゃんに喋っちゃだめだよ」

「ああ、そりゃそうだな。久し振りに顔を見に寄ったってことにしとくかな」

そういうこと、そういうこととくり返し、妹は佐野へ帰っていった。

その日は父親の調子がよくて、朝飯の食パンも二切れ目をかじった頃合いで、

「それにしても、歌麿人気はどうしてフランスまで広まったんだろう」

と水を向ければ、

「歌麿ばかりじゃないさ。フランスだけでもない。ヨーロッパでは日本の浮世絵はいまも高い評価を得ているんだぞ。きっかけはきっとパリ万博だ」

そのことはテレビでも書籍にも、これまで随分と取り上げられてきたから知ってはいた。サムライの国日本としか認識がなかった当時のヨーロッパの人々を驚かせるきっかけとなったのがパリで開催された万国博覧会だったと。そこで日本の伝統的な文化と民族性、思いがけない高度な表現と技術がフランスをはじめとするいわゆる先進諸国の人間たちに大いなる興味を抱かせしめたことは史実として書かれている。だが、歌麿の浮世絵がいまほど高い評価を受け、日本から貴重な肉筆画が流出するきっかけが、本当にパリ万博だったのだろうか。

「おまえはちがうと思うのか。そもそもあの『雪月花』にしても、はじめからアメリカへ流失して美術館に収蔵されたわけじゃなくて、まずはフランスで売りに出されたと聞かされればさ――」

「やっぱりパリの骨董市だってか」

そんなふうに父親と笑い会える時間は、自分にとって貴重なのだと実感しながら話を続ける。

「じつはさ、このあいだ半日東京の仕事場へ戻ったろ。あのときにちょっと調べてみたん

だわ」

「調べるって、歌麿のことをか」

父親が身を乗り出してきた。

「歌麿というか、浮世絵がヨーロッパへ広がっていく経緯みたいなことをさ。ただ、なかなか時間がなくて、中途半端なんだよ。あともうすこし集中できる時間があればいいんだけどなあ」

「そうか」と言って、父親はしばらく考え込むような素振りをしてみせたあと、

「で、どういうことなんだ」

「うん、それがね、思いがけないことに蕎麦猪口とも関係してくる話でさ。おやじのことだから伊万里焼は知ってるよな」

「知ってるどころか、おまえに見せたあの猪口な、あれこそ古伊万里だぞ」

そのとき家の電話が鳴った。出てみると福祉課からで、明日の午後伺っていいかという問い合わせに、お待ちしていますと答え、その旨を父親に伝えた。

「おやじは実質的に独り暮らしなんだから、福祉課の人間が様子を見たいというものを断る理由はないだろ」

「わかった、わかった。いいから古伊万里の話を続けろ」

と急かしたあと、

「おまえ、引っ張りすぎだぞ。おれは心臓がよくないんだから、イライラさせるな」

「おやじ、話を引っ張って引っ張ってさ、出し惜しみするのがライターってものなんだぜ。おれはこの手口でどうにか糊口《ここう》を凌いできたわけさ。習い性ってやつだな」

納得したようにヘラヘラと父親が笑った。

「猪口や徳利のような小物じゃなくて、伊万里焼の大皿やら花瓶なんかは主に輸出用として焼かれたものらしい。おれは歴史に詳しいとはいえないが、それを扱ったのが東インド会社で、中国や朝鮮の陶磁器が下火になってきたころ、代わって人気を集めたのが伊万里焼だったわけだな」

「そのくらいのことならおれだって――」

「さあ、ここからがちょっと面白い話なんだ。割れ物を当時の船で運ぶんだからよっぽど神経を使うわな。皿でも花瓶でも袋やら茶箱に詰めて砂で埋め、その砂ごと船に積み込むことになる」

が、それをすると割れるリスクは減るが重量がかさみ、船そのものに大きな負荷がかかって嵐に遭えば沈没する危険もはらむ。よって船積みする数もおのずと制限されてくる。そこでリスクとコストのバランスを考慮した結果、磁器をいちいち砂に埋めるのではなく、緩衝《かんしょう》材《ざい》として紙を使ってはどうかと考えるようになる。

「そりゃ砂より紙のほうが軽いからな。だが、当時の紙は高価だったろうし、大量に必要だろう」

「そこで浮世絵に結びつくわけさ」

主に江戸には摺《す》り師の工房がたくさんあって、多くの版元から彫り師の工房を経て数々の依頼を受けていた。

「当然摺り損なうこともあるし、不出来だと版元から突き返されることもある。無駄になってしまった紙は棄てるのではなく、専門の紙屑屋へ払い下げる。なんせ紙は貴重だから、焚き付け用や包み紙、茶箱の内張、襖の穴塞ぎから下《しも》の始末用まで、屑紙ってものはけっこう需要があったようで、江戸ばかりじゃなくて地方へも出していたらしい」

それを紙屑業者から買い集めて緩衝材として使ったのだという話には納得がゆく。

「伊万里の焼き物が届くのを心待ちにしていたヨーロッパの貴族とか金持ち連中は、注文した伊万里焼が包まれている紙屑を開けてびっくり。これは何だろうって」

緩衝材として使われていたのは摺り損ないの紙ばかりではなかったようだ。

ときの幕府は将軍や老中など人事が替わるたびに改革と称して禁令を発布した。そしてそれは主に庶民に対しての贅沢を戒めるものだった。櫛《くし》、笄《こうがい》から着物や帯の柄、食べ物にまでその対象はおよぶ。とりわけ江戸庶民の贅沢を煽《あお》るような表現、絵双紙などの物語の摺り本は目の仇にされ、発禁処分を受けるものもあった。

「発禁処分になった摺り本は一冊まるまる紙屑として緩衝材に使われるわけさ。それが読み本だとしても挿絵は入っている。浮世絵集がそのまま伊万里焼の緩衝材として海を渡ったこともあったにちがいないと、おれはそう考えたわけさ、おやじ」

父親は盛んに頷きながら「そういうことか」とおれの顔を見たから、おれは話を続けた。

「そうやってお上からの禁令をかいくぐったり、批判したりする手段として狂歌や浮世絵、読み本なんかが洗練されていくわけで、着物の裏地なんかも庶民の抵抗の証しってことだね。つまり、江戸の文化ってものはお上への反骨精神が育てた文化ってことになる。ここまではなんとなく調べたけど、まだ歌麿と栃木の関係までは行き着けない。あの『雪月花』に描かれた九枚笹紋の女たちは、誰だろうか……」

そのうちにふっと思い出したことがある。

「そうだ、蕎麦猪口といえばさ、浅草の木馬館の前辺りに一件骨董屋があるだろ」

その日、仕事場から栃木へ戻る特急列車の時間まで間があったから、ぶらぶらしていて見つけた骨董屋で妙な蕎麦猪口を見つけた。外側が藍の模様で囲まれているのだが、二つ大きく白窓が空いていてそこには何も描かれていない。出来損ないなのかなと思って手に取ったところへ主人が声をかけてきた。

「それ、〝半製品《はんせいひん》〟といってとても珍しい猪口ですよ。江戸後期の伊万里です」

本来はその白窓に色絵付けするはずが、贅沢禁止令でそれができなくなった。

「だからそのまま売ったもんでしょうねえ。もう滅多に手に入らない蕎麦猪口ですよ」

ちなみに幾らか訊ねると、八千円でいいという。

「おやじの影響じゃないけれど、無性に欲しくなってさ」

「八千円で買ったのか」

「いや、その値段が高いのか安いのかまったく分からんから、さんざんに値切り倒して五千円に負けてもらった。おかげで特急一本乗り遅れたけどね」

「そうか……半製品なあ」

その猪口を手にとって、父親はしげしげと長い時間見入っていた。

翌日の午後に福祉課の面接を受けた父親は予想外に素直で、要支援の判定が出たならデイサービスへ通うと自分から言い出し、われわれを驚かせた。

肆

　晩酌に二合徳利を空けた小室芳斉が「替わりを持て」と奥へ向かって二つ三つ手を打った。それを聞いた賄いの弥助爺さんが燗付けし、その徳利を芳也が運ぶ。小盆を差し出した芳也を見て、

「おまえ、本当に蔦重のところへ己《おの》が絵を見せに行くつもりか」

　頷いた芳也が、あの人はどういう人物かと芳斉へ問うた。酔ったときの芳斉は口が軽い。

「ふん、つい先《せん》までは小仕事ばかりの版元だったものが『吉原細見』の新版を出して大当たりをとってからというもの、天狗になったものだ。自分のことは話したがらぬ男だが、もとは伊勢は松坂辺りの武家の出らしい。それがまだ赤ん坊のころに養子に出されてこの江戸は吉原近くで育ったと聞いた。それがゆえ己が育ったこの吉原遊郭の『案内細見』を、それも新版を出すとなれば大事《おおごと》と知りつつやってのけ、蔦屋耕書堂として吉原から日本橋へと店を大きくした。わしもあの男気に惚れて幾枚か挿絵を描いた。奴とはそういう仲だ。ただし才覚はあるが

あの世界でのし上がろうという野心は並大抵のものではない。おまえの下手な絵なんぞ見せたなら、笑いものにされるのがオチだぞ。からかわれたのだ。本気になるやつがあるものか」

それだけ聞けば充分だった。芳也は本気になった。女と男の相対絵図、どう描いたものだろう――。


それから三日後、芳斉の留守を見計らって芳也は日本橋を目指す。なんとか日本橋までたどり着いて道行く人に耕書堂を訊ねると、版元ばかりが店を構える通りがあるからと教えられ、少なからず迷ったものの、蔦屋重三郎の耕書堂は見つかった。店の前でやや逡巡《しゅんじゅん》したが、ここで引き返すわけにいかない。引き返したところで自分にはそもそも帰る場所などない。懐に折りたたんだ絵を着物の上からさすると、思い切って中に入って小室芳也だと名乗った。すると番頭のような者が出てきて、上がって待てという。手前の畳にちんまりと坐ってしばらくするうち、蔦重本人が店の奥から出てきた。

「よく来たな」

と言って右手を差し出したから、芳也は懐から絵を取り出し、開いて渡した。

「これだけかい」

「ええ、これだけです」

蔦重は先ほどの番頭らしい男を呼んで絵を見せた。

「おまえ、どう思うよ」

「ああ、若いや。若すぎらあ。おまえさん、さてはまだ女を知らないね」

その言葉を引き取った蔦重が、

「これは番頭の重蔵《しげぞう》ってんだ。なかなかの目利きだ」

そして続けた。

「こいつはいけねえ。挿絵としても使えねえ。売り物にならねえということは、商売にならねえということだ」

芳也が描いた絵は若い商売女の乳を手代風の男が吸っているの図だった。

「艶がねえ。滑稽本にも黄表紙にも使えねえな。この絵の下に賛があるな。いや、題か」

そこには『まだ見ぬ夢のこと』と書かれてあった。

蔦重はあらためて番頭の重蔵に目をやった。重蔵も蔦重を見て小さく頷いた。

「おい、おまえさん、名は芳也だったな。あのときも言ったが絵師になりたいなら、小室の元を離れる時期だ。うちで手代として使ってやる。いろんな絵師もまた絵師志望の奴もくる。戯作者も出入りする。摺り師にも彫り師とも馴染みになれる。なにより客が来る。客がどんな摺り本を、どんな摺り絵を欲しがっているかを肌で感じることができる。どうだ、うちへ住み込んで見ちゃあ」

芳也の絵を、描いた女と男をあれだけ貶《けな》しておいて雇ってやるという。

「うちの旦那はな、おまえさんの絵が下手だと言ってるわけじゃない。このままじゃ売り物にならないと言ってるだけだ。勘違いしちゃいけねえよ」

あらためて店の奥、蔦屋耕書堂の奥座敷へ通された芳也は蔦屋と相対で坐った。

「あの小室芳斉とおめえさんにどんな因縁があるかは知らねえが、たまに吉原の引き手茶屋あたりで顔を合わせるとな、あの人は決まっておまえの噂さ。昔の女に押しつけられたとか、確かにあいつには才がある、とかな。だが世に出るにはまだまだ時がかかる。それまで手元に置いておれが仕込まねばならないってな。それだけ聞いてると親切心にも弟子愛にも思えるが、ちがうんだな。ありゃおまえの画才に嫉妬してるんだ。いつまでも手元に置いて潰す気じゃねえかと勘ぐられても仕方のない言い様だ。あんまり同じことをくり返すから、よっぽどだと思って、おれはおまえさんに会ってみたくなったってわけだ。弟子が師匠に妬《ねた》まれると、一生陽の目をみられなくなる。そういう奴をおれは何人も見てきた」

ここまで一気にまくし立てた蔦重は、芳也を見据えて間髪入れず言い放ったものだ。

「このまま根岸の小室の元へ戻るのか、ここで手代として住み込むか、腹を決めな」

芳也に一切の迷いはなかった。

「こちらでお世話になると決めました」

「よし、そうか、そうしねえ。とにかく店へ出て人間を見ろ。人の本性ってやつをな。女も男もよくよく観察するがいい」

そこへ番頭の重蔵が顔を近づけてきて言った。

「気に入られたね。見込まれたんだ。そう何年もしねえうち、おまえじゃなきゃ描けねえ絵が、きっと描けるようになる。人間にかけちゃ、うちの旦那はとんでもない目利きさね」

お世話になったが、ここを出て蔦屋耕書堂に手代として住み込むことにしたいと芳也は小室芳斉へ告げた。

「おまえの好きにするさ。もともとおまえとは縁もゆかりもないのだから……」

芳斉はそれだけ言うと、いつものように書斎へと引っ込んでしまった。そののち小室芳斉とは何度か顔を合わせる機会もあったが、芳斉は芳也を無視した。芳也はそれで構わないと思った。恨みもなければ義理もない間柄だ。小芝紫苑との因縁も思いも理解できる年齢になっていたが、それは芳也とは関係がないし、芳也にどうすることもできぬ事柄であった。

耕書堂に限らず、版元の関心は読み本に集中していた。役者絵も小町娘の絵も物語には敵わない。その物語を分かりやすくするのが挿絵の役割だと芳也は初めて知った。江戸の人間は娯楽に貪欲《どんよく》だ。滑稽本でも草双紙でも読みたい本には金を払う人々がこの街にはいる。昼飯を抜いても黄表紙本の続きが読みたいという人種のいることを知って、芳也は目が洗われる思いだった。逆に面白くなかったり、退屈な物語は読者から相手にされない。それを挿絵が救うこともある。

「話の筋はありきたりだが、絵がいいや」

なんという客の生声を耳にするたび、なるほどと胸へ落ちた。

耕書堂には客ばかりでなく、面白い連中が出入りする。絵師を志望する同年代の者たちとは競い合う関係だから、挨拶は交わすものの話らしい話はしなかったが、それでも互いに刺激しあい、意識しあっていたことは間違いなかった。比べて戯作者連とは刻を忘れて話し込むこともあった。とりわけ芳也が心酔した人物は山東京伝《さんとうきょうでん》である。

「お抱え絵師と町絵師のちがいはなんだと思うね」

「お上からの注文に応じて描くのがお抱え絵師で、人の暮らしぶりやら描きたいように描いてみせるのが町絵師かと……」

「ちがうな。まったくちがう。ご政道におもねって、描きたいものをひたすらに描いていれば生業として立てるのがお抱え絵師さ。一方でお上の顔色を伺いつつ、食うや食わずでもご政道をからかってみせる覚悟のある奴だけが町絵師になれる」

それは戯作者も同じことだと京伝は言う。

「さて、これほど狂歌がもてはやされるのはなぜだと思うね。蔦重だって蔦唐丸《つたのからまる》の名で狂歌の連を組んでいる。あれは機を見るに敏な男ではあるが、ただ世の中の流れに上手く乗ったというだけではない。世間さまが求めているからこそ、求めに応じて流れそのものを創っていこうとしている。耕書堂がここまでになったのには、それなりの理由があるということさ」

蔦屋重三郎は親方として順次読み本の挿絵を芳也に描かせたり、十八になったころにはたびたび吉原へ連れ出すようになった。

あるとき、その引き手茶屋の廊下でたまさか小室芳斉とすれ違いざま、

「おまえ、小室姓を名乗るのはよせ。芳也という名も気に入らん。おまえはわたしの弟子でも、まして血筋でもない。勘違いされては迷惑だ」

このことを親方の蔦屋重三郎に話したところ、

「これもいい潮だ。だったら名を変えりゃいい。そうさなあ……」

しばらく考えているふうだったが、

「北川ってのはどうだい。北川派の向こうを張ろうってわけじゃない。それでもおまえには北川を名乗ってもらいたい。名は……ああそうだ、歌丸がいい」

その名の由来についての説明はなく、蔦重はひとり得心している。

「北川歌丸、どうだ気に入らねえか」

じつは蔦重が養子に出された先の姓が〝喜多川〟で、そのままというのも押しつけがましいと〝北川〟を充てたのだが、そんなことは尾首《おくび》にも出さず、名の〝歌丸〟にしても狂歌の〝歌〟と自身の狂歌名〝蔦唐丸〟から取った〝丸〟を組ませてのことだった。気に入ったかどうか訊かれた芳也の返事は、

「北川歌丸、気に入りました」

このひと言だったがこれは嘘でなく蔦重への忖度《そんたく》でもべんちゃらでもなく、本当にこの名が気に入ったのだ。

別れ際、いつか一人前の絵師になったら必ず会いに来て欲しいと言った佐吉の言葉を忘れたことはない。その佐吉兄さんはもう二十歳になるはずで、江戸から北の方角にあたる下野栃木に暮らしている。その宿場は町の真ん中に水運用の川があると聞いている。そしていつでも〝小丸〟と呼んで遊び合ったあの頃こそが仕合わせな時間だった。この名が世間に広まれば、ひょっとしてそれがかつての小丸だと気づいてはくれまいか。北川歌丸の名に思い入れを持った理由についても、蔦重に一切話すことはなかったが、こうして北川歌丸は誕生した。

「改名の祝儀だ。名披露目に本を出してやろう。おまえ得意の『昆虫図絵』だ。墨一色で初刷り三百部。これを半年で売り切ったら、まずは己は絵師だと胸を張っていい」

蔦重の心配りを聞き、歌丸は天にも昇る心持ちになった。自分の名で本が出る。それも得意の虫図だという。

喜びを隠せないでいる芳也、いや歌丸に、蔦屋重三郎は居住まいを正して正対した。

「それからもうひとつ、訊いておきたいことがある」

弟を庇う兄の顔から、版元の親方の顔になった蔦重は、目を見据えてこう続けた。

「おまえ、女が嫌いか。こうやって吉原へ連れてきても、おまえが女たちには興味を示さず、同衾《どうきん》もしていねえことはお見通しだ。重蔵もそこは見抜いていて、無理にも女をあてがったほうがいいと言う。でなきゃあ、絵師として売り出すのは難しいってな。だがな、おれはそうは思わない」

そこからしばらく黙ったままだった蔦重が再び口を開いた。

「重蔵は女を知らねえと艶絵は描けねえという。確かに女の姿絵が描けなきゃ、大御所でもねえおまえが町絵師として飯を喰うのは大変だろう。だがな歌丸、いまからおまえをそう呼ぶぜ。いいか歌丸、おまえは女を知らねえわけじゃなく、むしろ知りすぎているんだとおれは見てる。いたって口数の少ねえおまえのこと、ここまでどう身過ぎ世過ぎしてきたかは訊かねえが、おまえはきっと女ってものを知り抜いているにちがいない気がするんだ。だから女を描けねえんだと、おれは思う。取っ替え引っ替え何十人もの女たちと遊んできた男どもと比べても、おまえは悲しいくらい女ってものが分かってる。どうだ、ちがうかい、歌丸」

しばらく考えていた歌丸は、言葉を噛みしめるように吐き出した。

「親方、おれが女を知ってるかどうか、それは分からんけど、女が嫌いなんとちがう。女は……嫌いやない。けど、切ないものは描きたくない」

蔦重に問い詰められて、ずっと堪えてきた近江言葉が我知らず口を突いた。

「さあ、そこだ。いいか。おまえが知っている女ってのはな、女がゆえの、切ない女だ。女がゆえの、辛い女だ。だがな、ここ江戸の街、そしてこの吉原の郷には女と生まれて活き活きと〝女〟を生きている女たちが大勢いるんだぜ。歌丸、おまえは半分女を知っているが、半分は知らねえも同然だ。どちらも女なんだよ。それが描けてはじめて、おまえは女たちの世界へ足を踏み入れることができる」

と、唐突に蔦重が訊いた。

「おまえ、自分のことは好きかい」

これには歌丸、返答できないでいると、

「女ってものはな、いや女に限らずも男だってそうだ。本物の人間を描こうと思ったら、まず自分をさらけ出すより方法はねえんだ。読み本、狂歌、またしかり。おまえはまだ、自分のことも半分しか分かっちゃいねえと、おれはそう思う。歌さんよ、もっと自分のことを好きになりなよ」

ひたすら絵を描くことが好きということだけでここまできた歌丸だったが、本物の絵師になるということがどういうことか、親方、蔦屋重三郎のこの言葉でようやく絡まった糸がほどけてきた。

予想外だったのは父親の介護認定の結果で、要支援がもらえればいいと思っていたところに要介護1の判定通知が届いた。認定は年々厳しくなっていると聞いていたから、この結果

には驚いた。それとなく昔に市役所へ勤務していたことと関係があるのか問い合わせたら、まったく関係はないという。

「現状は息子さんが同居されておられるとはいえ、書類上お父さまは独居ですし、この数ヶ月以内に心臓発作での入院経験があり、それと……お気付きかと思いますが、判定医の意見では、やや認知の傾向が見られるということで、それらを総合的に勘案して要介護1の判定になったわけです」

この結果には佐野市に住む妹も驚いていた。

「やっぱり認知の症状があるんだねえ……」

「ああ、夜中に妙なことを口走ったりすることがあってなあ」

「で、どうするの、お兄ちゃん」

「認知テストを受けさせたほうがいいかもしれん。だけどあのおやじだぜ、難題だわな……」

病院へ連れて行き、認知テストを受けさせるとなれば、また父親を説得しなければならず、自信もないし、気が重い。

「とにかくケアマネさんと相談して、まずは月曜日と金曜日の朝一〇時から一六時までデイサービスに通わせてもらうことになった。その日は午飯とおやつが出るし、風呂にも入れてもらえるそうだ」

「へええ、お父ちゃん、よく承知したねえ」

午飯や一〇時と三時のおやつはともかく、風呂は無理だろうと考え、本人が嫌がったら無理強いしないで欲しいと要望したところ、もちろんそうしますが、大抵の人は慣れるものだとの回答だった。

あれだけ歌麿にこだわったのは、詰まるところ認知の故だったのかと思うと、父親が哀れにも思えた一方で、そうとばかりは言えないだろうという思いも募った。

最初のうちはなんとも気乗りしないふうで迎えの小型バスに乗り込んで行った父親だったが、なるほど、慣れるとは怖いもので、ひと月もしないうち風呂上がりのこざっぱりした顔で戻ってくるようになった。

「今日の昼飯はなかなかよかったぞ。塩気はちょっと薄いが鯖の味噌煮が旨かった」

なんか言うようになって、これなら大丈夫と思った矢先、施設から呼び出された。どうやら問題を起こしたらしい。

「いえ、それほど大袈裟なことではないんですが、女性の利用者さんと口論をされましてねえ」

聞かされた顚末《てんまつ》とは、こうだ。午ご飯が終わるとリクリエーションという自由時間になる。順番で入浴する人、カラオケや囲碁、将棋を楽しんだり、足腰のリハビリをしたりと、思い思いに過ごすわけだが、そこにも自然、人間関係はできてくる。気の合う者同士が集まって雑談になる。

「そこでお父様がここ栃木と喜多川歌麿の関連についてお話されて、それはまあよくいろいろとご存じで、わたしたち職員も聞き入っていたところ、その女性利用者の方がそういう下品な話はしないで欲しいと、お父様を遮《さえぎ》ったんですね。その方、元は小学校の校長先生をされておられて、歌麿がいかにも栃木と関係があるように吹聴されると、教育上も問題があると——」

父親ははじめ、どうして自分の話が下品で、しかも教育的に問題があるのかと、冷静に問いかけたところ、

「あんないやらしい絵ばかり描いていた人物を、まるで偉大な芸術家かなにかのように言うのはお止しなさい」

一喝《いっかつ》されたらしい。ここまで言われると、当然ながら父親は黙っていられない。

「昔に校長をやっていたかなんか知らんが、あんたみたいな人間がこの国の伝統文化をダメにしたんだ。歌麿は偉大な絵師にちがいないだろう」

「富嶽三十六景《ふがくさんじゅうろっけい》を描いた葛飾北斎《かつしかほくさい》は教科書にも載っていますよ。歌麿の春画が教科書に載っていますか。あなたに教育や文化の何が分かるんですか。失礼な」

「こりゃ大笑いだ。ばかばかしいにもほどがある。北斎の描いた春画の数はね、歌麿よりよっぽど多いんだ」

そこが怒りの頂点だったらしく、女性はヒステリックになってそのまま帰宅してしまった。一方の父親は勝ち誇ったように、そのまま栃木と歌麿について滔々《とうとう》と話を続けたという。

「そのあと女性のご家族さまから当方へ抗議の電話がありましてねえ。ご本人はもう二度

とあそこへは行かないと言っていると。ご家族もお困りになって……」

現場で見ていたわけではないが、話の限りでは父親に非はないように思う。

「あちらのご家族にぼくが電話して謝罪しろというようなことですか」

「いえいえ、そんなことをされると、余計にこじれるばかりです。結構あるケースなんです。そっちのほうはうちで対応します。プロがいますから」

ただ、その元校長先生の女性がデイサービスへ戻って来られたら、その人の前で歌麿に関する話題は控えて欲しいと、父親に話してもらいたいとのことだった。

「なるほど、そういうことですか」

諒解したと答えはしたものの、父親の言い分は正しい。それを否定して父親と言い争うのはご免だ。だったらもうデイサービスへは行かない、こっちからお断りだくらい言い出しかねない。それがいちばんまずい。さて、弱ったな。


「ちょっと聞いたんだけどさ、なんか昔校長先生をやっていた女の人と口論になったんだって」

夜、焼酎でほろ酔いになった勢いで切り出してみた。

「ああ、なった、なった。面白かった」

と、父親はニンマリと口角を上げた。こういうところが認知の傾向と取られたのかもしれないと思いつつ、

「おやじ、口論はよくないよ」

「確かによくない。喧嘩口論は天下の御法度《ごはっと》だ。とくにああいう場所ではな」

「なんだ、分かってるんじゃないか」

「分かってるさ。だけど議論を吹っかけてきたのはあの婆さんのほうだからな。歌麿は下品な春画や枕絵ばかり描いているが、北斎の絵は教科書に載っているとかなんとかってな」

現存するしないは別として、およそ春画を一枚も描いたことのない絵師などいないはずで、絵を志す者が手習いのときに描かないわけもない。古今東西を問わず裸婦をデッサンするようなもので、枕絵とはいわないものの裸婦図なら若冲《じゃくちゅう》どころか応挙《おうきょ》にも光琳《こうりん》にも手習絵はあると聞く。

「歌麿といえば美人画、大首絵というイメージが定着してるからね。元校長先生もそんなイメージからおやじの話を不快に思ったんだろうが、教科書に載ってりゃ偉いってのもおかしな話だよな。某学習塾の学習帳には歌麿の細密昆虫図が使われてたりするからな。おやじが腹を立てた気持ちは分かるよ」

「まあな。でも、ああいう手合いと議論してやり込めてもしようがないし、人間関係のしこりってものは施設にも迷惑がかかるからな。あの婆さんの前で歌麿の話をするのはもう止すよ」

びっくりするくらい物分かりがよくなった父親の言葉を聞き、逆になんだかこっちが不安になってきた。

「それが無難だね。うっかり例の蕎麦猪口の自慢話なんかしたら、それこそまずいことになるからさ、気をつけなよ」

「そうか、あの蕎麦猪口なあ。見せてやりたいもんだ」

へらへら笑うから、こっちはますます気が気でなくなってきた。すると、

「ちがうちがう、あの校長婆さんに見せたいわけじゃなくてな」

気分を害して元校長が帰って行ったあと、ひとりの老人が父親へ話しかけてきたという。

「さっき面白かったと言ったのは、議論したからじゃなくて、おれと同じ歳くらいのその人がな、ずっと以前のことになるが『巴波川《うずまがわ》くい打ちの図』という歌麿の直筆画を見たことがあるというんだ」

「えっ、本当かい」

「そうさ、本当かとおれも聞き返したよ。その絵の存在は、それこそ昔から囁《ささや》かれていたものの、実物を見たという人に会ったのは初めてだ。〝哥麿筆〟という署名があったそうな。瓢箪から駒っていうか、あの婆さんと口論になったからこそ聞けた話だ」

巴波川とくれば、それはもう歌麿と栃木との深い関係を物語る直筆画だと父親が言い、自分もそう思った。

「しかもその絵には狂歌がしたためられていたそうで」

父親は施設へ持っていく連絡帳を取り出すと、頁をめくった。

「これこれ、書き留めておいたんだ。いいか、読むぞ。〝出る杭の　うたるる事を　さとり

なば　ふらふらもせず　後《のち》くいもせず〟とはどうだ。なかなかなもんだろう」

その狂歌には〝通用亭〟とあったそうな。きっと詠み人の号だろう。

「へえ、それは思わぬ収穫だったなあ」

父親がご機嫌だった理由が分かってほっとした。これで本当に認知の傾向があるのだろうか……

伍

待望の、それこそ待ちに待った昆虫図絵は『画本虫撰《えほんむしえらみ》』と題され、その脇に著者名として北川歌丸の名がしっかりと刻まれている。摺り師の工房から届いた初摺り本を三冊もらって、その夜は枕元に置き床へ潜ったものの、嬉しくてうれしくて、寝付けそうもなかった。

三冊のうちの一冊を近江の八幡屋佐兵衛へ、もう一冊を京都の小芝紫苑へ送り、一冊は手元に置いてためつすがめつしているうち、初摺り本三百部は半年かかるかかからぬ間に完売し、もう二百部が追加で摺られた。北川歌丸の『画本虫撰』は都合五百部を売り切った。

その間、歌丸に宛て三通の文が届けられる。一通は小芝紫苑からで、また一通は八幡屋仙太郎からだった。

紫苑は祝いの言葉を述べたあと、滝江がとても喜んでいるとあった。

「おまえさまが小室芳斉のところを出て蔦屋耕書堂へ入ったこと、芳斉からの苦情の文で知っていました。わたくしとおまえさまへの恨み事が際限なく書かれてあったものの、あれはああいうだらしのない男ですが、おまえさまのことを気にかけていたようです。とはいえ随分と辛い思いをさせました。あの日、おまえさまを芳斉の元へ預けたこと、幾度となく後悔したものですが、この『画本虫撰《えほんむしえらみ》』が送られてきて、わたくしの判断は間違っていなかったのだと胸のつかえが降りました。芳斉に感謝せよとは申しませぬが、悪く思わないでやってください。

また、どうしても人が描きたいと言い張ったおまえさまの言葉、忘れるものではありません。滝江も常からそれを申しては、ふたりでおまえさまのことを思い出しております。いいですか、いまが北川歌丸という絵師にとって伸《の》るか反《そ》るかのときですよ。あの言葉を忘れていけないのはおまえさま自身です。人を写しなさい。人の本性を写しなさい。本性を写すとは、すなわち自身を写すということだと、これは小室芳斉がよく口にしていたことです。わたくしには出来ぬことでしたが、北川歌丸はそれをしなければなりません。もっともっと心を開いて、人の本性を写しなさい」

とあり、最後に耕書堂の親方さまにくれぐれもよろしくと結ばれていた。

歌丸は紫苑の文の奥底にあるものを存分に理解できるだけの年齢になっていた。ひとつひとつの言葉が面と向かって語りかけてくる。胸に沁み入った。

八幡屋仙太郎からの礼状には、父佐兵衛に代わって祝いを言わせてもらうとあり、

「おまえがここにいたときは意地の悪いことを言ったりしたりしたが、申し訳のないことだった。父はしばらく体調が優れなかったけれど、おまえの本を見て元気を取り戻したように見

える。念願の絵師として立ったからには、ぜひ弟の佐吉を訪ねてやって欲しい。関東のことはあまり詳しくないが、それでも江戸と下野《しもつけ》栃木とはそれほどの距離でないはず。佐吉はいま養子先の新井田屋と我が父の名である佐兵衛を汲んで新井田屋佐兵衛と名乗って麻などを扱い、北前の株も引き継いで水運の手配を仕切るまでになり、弱視をばねに我が弟ながら感心させられるほど手広《てびろ》な商売をしているから、栃木の地へ問い合わせればすぐに知れるはず」

とあり、私は弟に父の名を取られてしまったので二代目として八幡屋仙太郎のまま、弟に負けぬ気で商売を広げていく所存と結ばれている。

自分は生まれてすぐ棄てられるか埋められるかしてもおかしくない身の上だったところ、人とめぐり会い生かしてもらったのだと、この二通を読み終え、歌丸は手を合わせずにはいられなかった。

「新井田屋佐兵衛さんか……。会いたい、会ってみたい」

歌丸はこの文二通を懐に仕舞うと、親方の蔦屋重三郎へ伺いをした。

「小室芳斉にこの本を送っておりませんが、どんなものでしょう。あの人はむずかしい男ですから、下手に送りつけたりすると、かえってつむじを曲げるんじゃないかと」

「なあに、心配するこたぁねえよ。こっちから送らなくとも、とっくに手に入れているさ。まあ、文は送っちゃこねえだろうがな」

それより見せたいものがあると、親方は懐から文らしきものを取り出した。これが三通目の手紙で、歌丸本人ではなく耕書堂主人に宛てたものだった。

「こいつがすごい手でな。悪筆ってわけじゃあねえが、こう崩されると男文字とも女の手とも区別がつかねえ。おれが読めねえってことはおまえにも読めねえってことで、彫り師にこれを読める奴がいてな、読み解いてもらってびっくりさ。おまえ、腑分《ふわ》けって言葉を聞いたことがあるかい」

歌丸は初めて聞く言葉だった。

「ふわけ……とは、それはなんですか」

「つまりな、オランダ渡りの蘭方医の間じゃ死人《しびと》の腹を開いて心の臓やら肝の臓やらが人の躰にどう納まっていて、そうした臓器が痛んだり腐ったりすると人間の躰にどんな病が発症して死に至るのかを調べるのが流行りだそうな。そのために主に牢死した死体を役人の許可を得て引き取り、これを切り刻む。それを〝腑分け〟と呼ぶんだとよ。気味の悪い話じゃねえか」

歌丸はこの話に別段の気味悪さは感じなかった。それが蘭方医にとっては患者の命を助けるために必要なのだろうと思っただけだ。

「でな、肝心の手紙のことだが、松井洪庵《まついこうあん》とかいう蘭方医がこの腑分けってやつをやることになって、許可は降りたんだが、その様をつぶさに写してくれる絵師が見つからない。京、大坂あたりの版元へ何度となく問い合わせてみても返事がない。たまに来る返信は断りばかりで弱り切っているところで歌さん、おまえの『画本虫撰』を見て、これだと見込んだらしいぜ」

蔦重は笑うでなく、呆れるでなく、困ったような顔で歌丸を見た。

「京、大坂ってことは、上方でもあの本が売れたということですか」

そうと聞けば歌丸、悪い気はしない。

「それがちょいとちがうんだな。もっと遠いんだ。この崩し文字の主、松井洪庵なる先生は長崎からこの文を耕書堂へ送ってきたというわけだ。おまえの細密画の腕をぜひともお貸しくだされたくって、な。歌さん、おまえどうするね」

断るなら断る、引き受けるなら引き受けるで返信を送らねばならない。

「おまえしだいだ。どう返事するよ」

「あたしにその腑分け図をその場で写せと、そういうことですか」

「そういうことだろうさ。これを引き受けたなら、長崎まで行かにゃなるまいなあ」

「親方、親方はどう思われるんで」

「さてどうしたもんかと重蔵へ問うたところ、その判断は歌さんにお任せなすってはと、な。だからおまえに訊くんだ、どうする歌丸」

「任せるの、どうするのと訊かれても……」

「わざわざのご指名だ。もしこれをやり遂げりゃ世間は広がるにちがいねえ。だが江戸御符内さえまともに知らねえおまえのこと、敵は長崎にありとなると……なあ。もし受けたとして、おれは付いて行くことはできない。ところが重蔵が志願したのには驚いたぜ。歌さんが行くというなら、自分が同行するというんだ。どんな了見だか分からねえが、滅多にめぐってくる機会じゃねえとな」

歌丸はむろん、かつて小芝紫苑に伴い京からこの江戸へ来たことも、まして江戸城本丸内の大奥で見たもののことも、親方はおろか、誰にも一切口を開いたことはなく、歌丸に東海道を下った経験があるなど、蔦屋重三郎は微塵《みじん》も知らない。歌丸が考え込んでいると、蔦重は『大日本行程大絵図』を持ってこさせ、その場に広げた。

「いいか、ここが江戸、これが東海道でここが京。摂津を抜けてやっと大坂だ。問題はこの先よ。播磨は明石、姫路から備前岡山、備後、安芸、周防ときてもまだ九州へは渡れねえ。海峡を越えて、長崎ってのはここだぜ」

あらためて図で説明されると、長崎はいかさま遠い。というより蔦重がいちいち指し示す地を目で追いながら、紫苑、滝江と三人で京から江戸へと、よくもまあたどり着けたものだと歌丸は心の内で感嘆した。

「ひと月かかるか、ふた月か。天気の按配じゃもっとかかるに違いねえ。これは土台無理筋だと重蔵に話したら、陸路じゃ無理なら船を乗り継げばいいでしょうときた。なるほど、感心したねえ。丸山遊郭が目当てかなんか知らねえが、重蔵はよっぽどおまえを長崎へやりてえらしい」

「えっ、ということは……」

「そうよ、おまえと重蔵は北前の戻り船でもなんでも乗り継いで、ともかく船で長崎へ行くんだぁな」

「それは決まったことですかいな」

「おおよ、いま、決めた。おまえは腑分け図を写しに長崎へ行くんだ。洪庵先生とのやり取りやら船旅の段取り、路銀の算段一切はこの耕書堂が受けた。それでいいな」

「いいも、悪いも……」

蔦重が決めたと言ったら、それはもう歌丸にとって決まった話なのだった。


火曜日、いつものように午前九時四〇分ごろにチャイムが鳴った。デイサービスのお迎えだ。父親は玄関まで出て靴を履こうとしているうち、その場でぐるぐると小刻みに回り始めた。

「おやじ、どうした」

声をかけると、

「おう、おう、それがさ……」

とかなんとかつぶやくうち、ズボンのチャックを下ろして放尿しようとしはじめたので、これはいけないと悟ったが、しかしどうしていいか分からず、ただおろおろと狼狽《ろうばい》するばかり。この一部始終を見ていた施設の女性職員が、父親を抱きかかえるように動きを制し、

「息子さん、すぐに救急車を呼んでください」

と、大声で叫んだ。

救急車が来るまで十五分ほどもかかったろうか。おれはいい歳をして取り乱すばかりで、まったくの役立たずだった。

「いいですか、あわてないで、しっかりしてくださいね」

職員がずっと付いていてくれたのでどれほど心強かったかしれない。

「救急車に乗ったら、行きつけの病院はあるか訊かれますから、お父様が心臓で入院されていた病院を救急隊員に告げてください。でもたぶん、心臓ではないと思いますが、とにかく受け入れ先を探してもらわないと……」

アドバイスに従って、前の病院へ受け入れてもらえたものの、心臓の再発作でないことは確実で、厭な予感しかしない。コロナ感染防止のため、父親へ付き添うことはできない。待合室に二時間ほどもいただろうか。救急医がやって来ると、受付で入院の手続きをするよう言われる。

「これから検査しますが、恐らく脳だと思います。出血か梗塞《こうそく》か病状がはっきりしたらご連絡しますので、いったんご自宅で待機してください。こういう状況ですから、ご親族には一律そういう対応をお願いしています」

病院を出るとばかばかしいくらいに晴れ上がっていて、抜けるような青空が広がっている。

佐野市の妹に電話し、病院近くの食堂へ入って昼飯にカツ丼を喰った。こんなときでさえ腹は減る。いまのおれにカツ丼をかき込む以外に出来ることは、もう何もなかった。

当時、船で江戸から長崎へと乗り継ぐ航路はいくつかあった。

廻船業の先駆《せんく》たる北前船は本来この国の商業集積地である大坂と、日本海廻りで蝦夷《えぞ》とを運航するのが本筋だったとはいえ、蝦夷地で上質の昆布などを大量に買い付けたあと、そのすべてを出汁《だし》の文化を重視する大坂や京へ運んだわけではなく、太平洋廻りで、あるいは水運を横断して江戸で捌《さば》かれたものも多かった。

経由地である壱岐、佐渡や新潟、酒田、男鹿《おが》など、主に廻船問屋の豪商らは柿右衛門、鍋島といった初《うぶ》の伊万里焼を好んだ。東インド会社の支社が置かれていた長崎出島の紅毛人《こうもうじん》の間でも社印が焼き付けられた伊万里焼は高級な美術品として垂涎《すいぜん》の的だった。そして日用雑器としての肥前磁器は江戸をはじめ関東各地に広がっていく。兵庫、播磨、尾道から下関と瀬戸内海を廻り、博多、伊万里、長崎と、注文の荷を下ろし、代わりに地元の名産品を買い入れて江戸を目指す廻船業者も多く現れ、肥前磁器ばかりではなく、灘の生一本を謳《うた》った下《くだ》り酒は江戸で珍重されるようになる。

駕籠や馬を雇っての陸路より、船を使うほうがはるかに効率的だったことからも、陸路からの長崎入りを考え、やはり無理だと断じた蔦重へ海路を進言した重蔵の判断は当を得たものだった。

「江戸へ参内《さんだい》する阿蘭陀《オランダ》船や清使節団の船は、外海を航海してそのまま下田や浦賀まで途中食料や水を補給せずに来られるのは、奴ら大型帆船ですからねえ。こっちは小型の商船だ。外海は荒れるし、補給もしなきゃなりません。いったん大坂まで出て、内海を行くのが無難ってものでしょう」

「どのくらいかかるもんだ」

「日数ですかい、それとも金子ですかい」

両方だと蔦重は重蔵に答えた。

「そうさねえ、天候さえ良きゃ十四日から二十日、歌さんとあたしの路銀は片道十五両ってとこですか」

「わかった。とにかくこの仕事にはひと月以上はかかるってことだ。ふたり共が無事に戻って来ることだけ考えてくれりゃ、金の心配はしなくていい。だがな重蔵、丸山遊郭辺りで引っかかっちゃいけねえよ」

「ご冗談を。相手は死人ですよ。それより親方、腑分け図が仕上がったら、摺《す》るおつもりで」

「さあ、そのことだが、おまえにはその辺をしっかり見極めてもらいてえ。どんなふうかを早文《はやぶみ》でおれに知らして寄こすんだ」

重蔵は親方の言葉に大きく頷いた。


北川歌丸と耕書堂番頭の重蔵はまず品川へ出て、下田から船を乗り継ぎ、とりあえず大坂を目指した。船旅など初めてのこと。酔いはしないかと歌丸を心配する重蔵に、

「あたしは近江の生まれでね、琵琶湖のことを海だと思い込んでいたんですよ」

「そうかい、歌さんは近江の生まれかい。琵琶湖は日本一の湖だ。海だと思うのも無理のねえことだ」

大坂へ着くなり波の穏やかな瀬戸内廻りの商船に乗り換え、播磨、下津井、尾道、三田尻と進み、下関から海峡を抜けたのは江戸を発って十四日目のこと。若松の港から博多、ここからが島々を縫うように行く難所が続き、長崎の大浦まで都合十九日間の船旅となった。大浦の港は遠浅のため座礁《ざしょう》の危険もある。ここまでたどり着いて座礁は勘弁してもらおうというわけで、渡り船に乗り換えて長崎へ上陸したときは、ふたりともへろへろになっていた。

「日にちはかかっても、陸路のほうが楽だったかもしれねえなあ」

どちらからともなく愚痴も出る。重蔵と歌丸は船底でほぼ一生分の話をした気がする。

「歌さん、ここだけの話だがね、じつはおれも戯作者志望さ。いつか、いつかで耕書堂へ居

着いちまった」

「そうだったのかい。どうもそんな気もしていたんだ」

「滑稽根多《ねた》を耕書堂へ持ち込んだところ、蔦重の親方から、このままじゃ使いものにゃならねえが、おまえは目端が利きそうだからうちで働けってね。歌さんと同じだぁね」

「なるほどねえ、目端が利くとは親方らしいや。戯作となれば筆名はどういうんだい。やっぱり親方から付けてもらうつもりですかね」

「山東京伝先生がね、滝沢がいいって言ってくれてね、名は馬琴でどうかって。来歴はなんでも故事かららしい」

「いい名じゃありませんか、滝沢馬琴《たきざわばきん》とは」

「ところが蔦重の親方がさ、それじゃ学者のようで滝沢は堅すぎるって。おまえは曲《くせ》の強い男だから曲亭にしろとさ」

ふたりして笑い合ったが、

「重蔵さん、滝沢もいいが親方の言うとおり確かに曲亭馬琴《きょくていばきん》のほうが戯作者らしいや」

「そうなんだよ。曲亭と聞かされたときにゃ、これは敵わねえなと思ったさ。それで腹を据えてしばらくはこの人の元でやってみようってね」

蔦屋重三郎という人間には、人を惹きつけて寄せる力がある。そこがいまの自分には欠けていると歌丸は思う。

「まだ一冊の本も出しちゃいねえんだ。もしおれの滑稽本が出たら、歌さんにぜひ挿絵を描いてもらいたい」

「よろこんで描かせてもらいますよ。そうか、だから女の姿絵だ吉原だと、あたしに世話を焼いてくれるんだね」

「余計なお世話と分かっちゃいても、歌さんの腕なら天下を取れる。銭を稼げる絵師になれる。おれは先《はな》っからそう思ってる。親方にしても、歌さんはいまに耕書堂を背負って立ってくれる浮世絵師になってくれるものと見込んでいなさるよ。今回の長崎行きがいいきっかけになりはしまいかってね」

重蔵の言うとおり、耕書堂も商売だ。金の稼げる絵師にならないと恩は返せないし、自身も筆一本で立てない。金のないことに慣れ、人の施しに慣れてしまった世知らずの歌丸も、これはいけないと感じ始めていた。


長崎へ入ったふたりは、とにもかくにも今回の依頼人である松井洪庵なる蘭方医を訪ね当てねば話は始まらない。依頼の文には、

「長崎は江戸町に住まい致す者にて」とあった。

「江戸町なんて名前の町がこの長崎にあるんだな」

「珍しい名だろうから、すぐに見つかるだろう」

その洪庵先生にこれからの宿の手配もしてもらうことになっていると親方から聞かされていた。

「立て替えた路銀ふたり分も受け取ることになっている」

駕籠を雇って江戸町の松井洪庵という医者の家を知っているかとたずねたところ、

「ああ、女子《おなご》先生んとこばい。知っとおよ」

松井洪庵とは、どう考えても女医者の名とは思えない。

江戸町に同名の男の蘭方医がいるはずだから、手数をかけるが探して連れて行ってもらいたいと重蔵が何度も念を押したのだが、蘭学塾および蘭方医はそのほとんどがここ江戸町周辺に集中していて、松井洪庵といえば女の蘭方医しかいないのだと駕籠かきが言い張るから、ならば、とりあえずその女医者宅までやってもらい、そこで聞き込みをすれば良かろうということになった。

ここがそうだと駕籠を降ろされて門を叩くと、いかにも蘭方医見習いらしい白衣姿の若者が応対へ出てきたのだが、若すぎる。さすがに洪庵先生ではなかろうと、

「夕刻に失礼します。わたくし共は江戸日本橋の蔦屋耕書堂から参った者でして、松井洪庵というお方を訪ねて……」

みなまで聞かずとも委細は承知とばかりに、その若者が奥へ向かって、

「先生、洪庵先生、江戸から絵師の方々が本当にご到着されたとですよ」

恐らく弟子であろう、白衣の若者がもう三人、囲まれるようにして四〇代と思われる同じく白衣をまとった女性が急ぎ足で出迎えた。

「江戸からこげん遠かところまで、ようお越しくださった。松井洪庵と申します。耕書堂のご主人より返事をいただいて『北川歌丸を見込んでのお頼み、確かにお引き受け致します』との文字を見たときはうれしゅうて。ばってんくさぁ、半分は信じとらんかったとです」

やはり松井洪庵は駕籠かきの言うとおり女先生だった。

「いや、慣れぬ船旅とはいえ、江戸から長崎は思いのほか遠くて音を上げかけました。こちらが『画本虫撰《えほんむしえらみ》』の絵師、北川歌丸、わたくしは耕書堂番頭の重蔵と申します」

ほんまになあ、ほんまによう来てくださったと、若い弟子たちと洪庵先生は笑顔で頷きあっている。蔦重から松井洪庵に宛てた返書には、浮世絵師としてはまだ未熟なれど、細密画描きとしての歌丸の筆使いは保証すると記されていたという。また、

「重蔵いう番頭はどげんに遠かところでも、行くとなれば這《ほ》うてでも行く男やと書かれておりました」

ひと笑いしたあと奥の間に通された二人は、汗を流し、心尽くしの夕飯を馳走になった。その奥の間が二人に用意された寝間で、これからはここで寝泊まりして欲しいという。宿賃を渋るわけでなく、ここに泊まり込んで仕事をしてもらいたいという申し出に、歌丸は一も二もなく了承した。何しろ腑分けなど描いたことがない。泊まり込む以外の方法は最初から考えられ

なかった。

「この度のお願いの経緯を申し上げねばなりますまい。お聞きください」

松井洪庵の名は元々父親が名乗っていたものを娘がそのまま引き継いだもので、本名を千代《ちよ》女《じょ》という。父親は元は漢方医だったのだが、これからは西洋医学を学ばねばならないと心に決め、平戸でポルトガル語の通事となって医学を学んだという。ところがオランダとの交易が盛んとなりポルトガル人は居留地を追われ、出島からの外出を許されぬ身となると、父親の松井洪庵は遅まきながらオランダ語を学び直し通事となって、出島への出入りを許される。そこで紅毛外科《こうもうげか》の大家にして大通事である楢林鎮山《ならばやしちんざん》に蘭学を学んだはいいが、ポルトガル語から入ったために若い者たちに後れを取ることしばしば、ドイツ語からオランダ語に訳された『ターヘルアナトミア』（解体図譜）を正確に読みこなすことができなかったという。

「楢林鎮山先生はここ江戸町の生まれで多くの門下生を育てられたとです」

「ああ、この辺に蘭方医が多いのは、そういう理由ですか。するとあなた方親子は二代にわたって」

「父は鎮山先生から直接に薫陶《くんとう》を受け、わたくしはご子息さまに紅毛外科を学んだとです。ですが、いざ腑分けとなると女がゆえ、いつもいつも処置する男弟子の後ろを遠巻きにするばかりで、前へ出ようとすれば手で払われるとですよ」

そもそも紅毛楢林流外科は当初女の入門を許さなかった。それでも父親の伝《つて》でなんとか入門を許されるにあたり、千代女の名を捨て父の松井洪庵を名乗ることとなったしだいだと、さらにこう続けた。

「父親に愚痴をこぼしたことはなかったものの、それは察しておったとでしょう。亡くなる少し前、遺言のように『誰に遠慮なく、頼るでなく、おまえ自身の手で腑分けをしてみよ』と」

そこから何度も役所へ腑分け願いを出したものの、なかなか許可は降りない。結句五年がかりでようようにして牢死人に限り腑分けが認められたのだが、手順に始まり人体内臓の位置に至るまで腑分けの様子を逐一《ちくいち》細密に描き、これを洪庵個人の所有とはせず、役所へ提出するようにとの条件が付けられたのだった。この事情を聞かされた歌丸と重蔵、

「逐一を細密にとなると、これはまた面妖《めんよう》な……」

「確かに方々の版元から断られるわけですなあ……」

ふたりは顔を見合わせ、深くため息を吐いた。

ふたりが洪庵宅に投宿して五日が過ぎたが、牢死体の知らせは音沙汰がない。歌丸は解体新書原書の絵図などを見て工夫を考える日々が続いた。

「こうしてみると、江戸といわず大坂といわず、この国の版木彫り師、摺り師の腕前というものは大したものだと、あらためて感心させられますよ。この原書の人体版画は摺り様が雑で

す。いったい直筆画がどうなっているのか、ぜひにも見たいものです」

「歌さん、そりゃ無理な相談だ。直筆なんてものはこの世に一枚限りだ。目にする機会はありませんよ。心配しなくともおまえさんならきっと描けるさね。さて問題はそれが摺れるかどうかだ」

それを聞いた歌丸が、思わず重蔵に訊き返した。

「わたしが描いた腑分け図を、摺るつもりなんですか」

「そこを見極めてこいと、蔦重の親方から言いつかって長崎まで同行したというわけでね。だから洪庵先生からは二人分の路銀のほかは一切受け取るなと言われているんですよ。つまり仕事料はこっちの算段に任せてもらうという条件を付けなさったようだ」

「だって腑分けの図が仕上がったら役所へ提出せねばならんのでしょう」

「話の向きではどうもそうらしい。でもね歌さん、そこは描いてから知恵を出すということにして、ずっとここで死人が運ばれてくるのを待っていても気詰まりでしょうがない。あれこれ考えても、埒《らち》もないから、せっかくの長崎だ。少しその辺をぶらついて気分を変えちゃどうだろうか」

重蔵の言うとおり、あれこれ考えても筆を執ってみないことには進むもならず、引くもならず。遠くへ出かけるのはまずかろうから、散歩がてらにこの江戸町を歩いてみようということになった。

「さすが南国、六月というに陽差しの強いこと」

重蔵が言うとおり、昼下がりの太陽がまぶしい。こうやって歩いてみると、なるほど蘭方医の鑑札が多く掲げられている。江戸からやって来たふたりが、物珍しそうに長崎の江戸町を宛てもなく歩いていると、向こうから大層立派な眼鏡をかけた身なりのいい若い男が手代らしい者に付き添われてやってきた。と、すれ違いざま、向こうの会話が歌丸の耳に入ってくる。

「旦那さま、どうかお気を落とさないでくださいまし」

「ああ、大事ない。それよりな、帰りは近江の実家へ父親の見舞いに寄ってから栃木へ戻ろうと思う。おまえにも付き合ってもらうことになりますので、そのつもりでな」

「はい、それはもう……」

そこまで聞いた歌丸は背筋に稲光《いなびかり》が走った。間違いない。そう確信した歌丸は振り返って、叫んだ。

「佐吉兄《さきちあに》さん、八幡屋の佐吉兄さんですやろ」

この声にすぐと反応したその人は、声の方向へじっと目を凝らした。

「その声、その喋り口、小丸か。おまえ、小丸なんか」

歌丸は駆け寄ると佐吉の手をしっかり握りしめ、

「小丸です。佐吉兄さん、小丸ですよ」

重蔵もあちらの手代も、いったい何が起こったのかとその場に立ち尽くして、この様を見ているばかりだった。


父親が倒れて三日後、病状の説明と今後の治療方針についてお話ししたい旨の連絡が病院からあった。妹へ電話すると、

「もちろん一緒に行くよ」

「そうか、そうしてもらえると心強い」

また受付でしばらく待たされたあと、担当医の診療室へ呼び込まれた。父はやはり脳出血だった。

「もう出血は止まっています。少量だったことと、サイレント・エリアからの出血でしたので、投薬だけで止血できました」

脳にはサイレント・エリアという場所があるのだという。お父さんは運がよかったですねと担当医から言われた。

「すると命には別条がないということですね」

「そのご心配はありません。意識も戻っています。ただし、倒れる以前のようにご家族との意思疎通ができるかどうか保証はできません」

「後遺症ということですか」

「先ほども申し上げましたが、今回はサイレント・エリア部からの出血ですから、すぐに自立は無理でしょうが、言語障害とか四肢障害などの顕著な後遺症はたぶん出ないだろうと思います。当分は移動に車椅子等が必要になりますが、リハビリしだいで回復も期待できます」

よかった。それを聞いて妹と頷き合ったものだ。

「ですが、この前は心臓で入院されていますし、今回は脳ですから、いずれにしても血管が劣化しているのは間違いありません」

「ということは、再発の可能性があるということですか」

「その可能性は大きいと思います。それと意識は戻っておられるのですが、われわれや看護師との意思疎通もまだ、はっきりしないときがありまして、お父様は認知症を発症している可能性も否定できません」

その検査も行う予定だが、入院が長引くと認知症が進行する可能性も高くなるという。

「それで今後のことですが、どうされるお積もりですか」

そういう質問を病院側からされるとは想定外だった。

「それって、どういうことでしょうか。このままどのくらい入院させてもらえるんですか」

妹が口を開いた。基本的な検査とリハビリを含め、三週間ほどで退院、または転院してもらうことになるという。コロナ感染対応という理由だけではなく、基幹病院とはそういう役割なのだと医師からの説明だった。三週間で退院できるなら父を自宅へ連れて帰りたいとこ

ちらの希望を伝えたが、

「言葉や手足の障害が残らなくても、意志の疎通ができないんじゃ、お父ちゃんを連れて帰っても大丈夫なの」

妹に指摘され、考え込んでしまう。

「今後の経過しだいでは自宅で介護されるのも選択肢のひとつではありますが、他病院が運営している老人介護施設への入所ということもお考えいただいたほうがいいかと思いますね」

ただしそういった、いわゆる老人保健施設は順番待ちの状態で、なかなか入所がむずかしいことは妹からも聞かされていた。

「当病院にも相談窓口はありますし、いま担当されているケアマネさんにご相談されるのがいいでしょう。老健の順番待ちが長引くようなら、いったん転院されて、そこでリハビリをしながら回復を待つという方もおられます」

要は家族の選択だとのことだった。

「今日は父と会えますか」

「残念ですが、面会はご遠慮いただいています」

「コロナはいつ治まるんですか。いつ父親と面会できるんですか」

担当医は「お察しください」としか言わなかった。

病院を出たあと、妹と話し合った。

「結局さ、ここにいても転院しても、施設に入所しても、自宅へ連れてこない限り、私たち家族はお父ちゃんと一切面会できないってことじゃないよ」

そう、そういうことになる。

「おやじ、運がいいんだか、悪いんだか……」

「障害が残らないのなら、やっぱり自宅へ連れて来たいよ、おれは」

「お兄ちゃん独りだよ。大丈夫なの」

「分かってる、それは分かってる。おまえに迷惑はかけない。いや、そんなことも言ってられないな。たぶん迷惑かけることになると思う」

「お父ちゃんの認知症って、どのくらいなんだろう。医者はああ言っていたけど、いくら軽くても脳出血だよ。ぜんぜん後遺症が出ないなんてこと、あるのかな……」

「このまま三週間は入院させてもらえるんだろ。あのおやじのことだからさ、だんだん頭がハッキリしてくることに期待しよう。とにかく明日にでもケアマネさんに電話で相談してみるよ」

前向きなことを言ってはみたものの、

「おやじもしんどいだろうが、こうなると家族もしんどいなあ」

つい本音がでる。

「ほんとだよ。うちの亭主《ひと》もそうだけど、長男って父親や母親を施設へ入れることに抵抗感が強いんだわ。だけどね、自宅へ連れ帰っても、結局こっちが参っちゃうのよね」

それはよく分かる。自分も自信はない。ただ父親を施設へ入れっぱなしにすることには、多いに抵抗感がある。

「お兄ちゃん、お金、大丈夫かね。これからはなにかと物入りだよ」

「大事、大事。おやじの郵便貯金通帳とキャッシュカードを預かってるから。あれで結構貯めてたんだよな。おれとちがって公務員年金が入るしな」

「せっせと貯金していたのはお母ちゃんだよ」

妹は父親の貯金の額について、幾らあるのか訊いてくることはなかった。

「お昼、食べていこうかね」

「そうだな、そこの食堂が結構旨いぞ」

妹は五目そばを頼み、おれは親子丼にした。

「うちは血管の弱い家系みたいだから、お兄ちゃんもお酒を控えて、塩っ辛いものはだめだよ」

「おふくろは心臓の大動脈解離だったしなあ」

「そうだよ、あの病院で十二時間かかったんだからね、手術に。お兄ちゃん、手術の終わる一時間前にしか帰ってこられなかったんだもんねえ」

妹がやや責めるような口調になったのも無理はない。東京である落語家のインタビューをしていたときに母親が倒れたという連絡が入った。栃木へ着いて病院へ駆けつけたときには、ほぼ手術は終わっていたのだった。いったん心臓を止めて人工心肺へ繋ぎ、右足上部の動脈を取り出して、それを破れた心臓の動脈と交換している最中だと聞かされた。

あのとき妹と一緒に長椅子に坐って憔悴《しょうすい》しきった顔の父親が、おれを見てニコッとすると「おうっ」と言って手を挙げたのを、いま、親子丼をかき込みながら思い出していた。

佐吉が眼病からくる弱視であることをよく承知している小丸こと歌丸は、鼻と鼻がひっつくくらいに顔を寄せた。

「おいおい、そんなに顔を寄せなくでも大事、大事。まだ見える。あれから十幾年か。小丸、確かにおまえや。面差《おもざ》しはしっかり残ってる。わしはどうや、どう見える」

いまは栃木の新井田屋佐兵衛として大店《おおだな》を仕切る立場となった佐吉だが、思いもよらず北川歌丸こと小丸との再会に、その顔に久々満面の笑みが戻ったことを手代は見て取った。

「なにもかも、なにもかも立派です。どこからどう見ても大店の若旦那さんや。それでもな、その眼鏡のかけっぷり、物腰はちっとも変わってない。佐吉兄《あに》さん、会いたかった」

そう言うと、歌丸は大きな声を上げて泣き出してしまう。

「これ、こんな往来で子どもみたいに……」

そう諫《いさ》める佐吉こと新井田屋佐兵衛もまた、大きな眼鏡の下から幾筋も涙がこぼれ落ちている。

脇でおろおろとこの様子を伺っていた重蔵と手代が、ほぼ同時にふたりへ近づいた。

「どんな事情があるにせよ歌さん、場所を変えちゃどうだい」

重蔵の言葉に手代も頷き、四人して手近にあった茶屋の奥座敷へと上がった。

あらためて対座したふたりは互いの顔を見合わせては、

「まさか、まさかに、こんなところで……」

と言い合うばかり。

「訊いていいもんかどうか。話せるところまでで結構ですがね、いったいおふたりにはどんな事情がおありで」

重蔵の問いかけにめずらしく歌麿のほうが口を開いた。

「こちらはわたしが生まれ育った近江の大店のご次男で佐吉兄さん。行き場のないわたしを大旦那さんが引き取ってくれて、この佐吉兄さんの遊び相手として養ってもらったんですよ。話せば長いことながら、わたしはね、この佐吉兄さんのことをいっときだって忘れたことはなかったんですよ、重蔵さん。人並みの絵師になったら下野《しもつけ》栃木の皆川城下へ必ず訪ねていく約束だったものが、なかなか思うに任せなくてねえ。それが偶然とは言い状、顔を見たとたんあんなふうに泣き出してしまい、見苦しいことでさぞやびっくりされたでしょう」

「あんな大声で泣く歌さん、というか、心持ちが出た歌さんを見たのは初めてだったから、たしかにびっくりはしたけれど、話を聞いて胸に落ちました。江戸は蔦屋耕書堂の番頭で重蔵といいます。で、大筋は解ったものの、近江と下野栃木というのは……」

「もう何年も前、この小丸、いや歌丸さんと別れ、近江の実家から栃木の親類宅へ養子に出たのです。いまは新井田屋佐兵衛と名乗っております。この者は手代の与平といい、目が不自由なわたしの身の回りの世話をしてくれています」

「新井田屋手代の与平と申します。歌丸先生のことはいつもいつも旦那様から伺っておりましたが、まさかこの長崎で」

「それですよ、まさかの長崎へは兄さん、やっぱり眼病を診てもらうためなんですね」


佐吉を養子に迎えてからというもの、新井田屋は下野中《しもつけじゅう》はおろか江戸御符内で評判の目医者という目医者にあたったたが、芳しい答えは得られずじまいだった。根気よく煎じ薬を続ければいずれ良くなるという医者もいれば、目を切開しなければ治らぬという医者もいて、どれも説得力に欠けた。そんなとき、養い親の久右ヱ門から、

「諦めるつもりはないが、おまえ様の目がまだ開いているうちに代替わりして、この商売の仕切りを覚えて欲しい。店の仕切りが身に染み込みさえすれば、たとえ盲《めしい》たとして支える者たちは大勢いるのだから何を心配することもない」

と諭され、正式に新井田屋を継承し実父の名である佐兵衛を名乗って一段と商売を広げてい

った。そうなると商売上の付き合いも自然と広がっていき、江戸へ出て吉原あたりで接待したりされたりする機会も多くなっていく。通用亭陰徳《つうようていいんとく》の名で狂歌に没頭するうち、その狂歌仲間から、

「おまえさんのその目だがね、下野でだめ、江戸で思わしくないなら、いっそ長崎へ行ってみてはどうかね」

長崎にはこの日ノ本随一と評判の眼病専門の蘭方医がいるという。

「狂歌連には、本名を隠してはいるが恐ろしく顔の広い人物が幾人もいる。多少の金子は必要になるが紹介状をもらうことなど造作ない」

これを養父に話したところ、

「是非もないこと。長崎はいかにも遠いが、行く価値はある。船を使えばいい。与平を付けてやりましょう」

この言葉に佐吉は、長崎は江戸町に開業している日村玄次朗《ひのむらげんじろう》という蘭方医への紹介状を手に海を渡った。

「それで、それでお見立てはどうだったのでしょう」

歌丸のこの問いに、手代の与平は下を向いた。

「それがなあ、やっぱりあかんかった。おまえと話すと、つい近江言葉が出てしまうなあ」

日村玄次朗なる蘭方医は、まだ若いが当代一と誰もが認める眼病の専門家である。佐兵衛は

手代と共に五日間長崎へ滞在し、検査をし診察を受けた結果、

「これは持って生まれた目の病、薬を飲もうが切開をしようが完治の見込みはなく、誠にお気の毒ながら徐々に色を失い視野は狭まっていく。そしてお伝えづらいことではあるが、いずれ視力を完全に失うことになる」

との見立てに、

「それは右目ですか、左目ですか、それとも……」

医者はひと言「両目とも」と答え、いずれ失明するというその〝いずれ〟とは、いつになるかの問いには明確な返答はなかった。

「一年先か、五年先か、あるいは十年先になるか、それは私にも判断できかねます。なれど今日明日というのでないことは請け合いますゆえ、見たいものを見て、やりたいことを存分になさるがよろしかろう」

この言葉は佐兵衛の胸に落ちた。

「藁にも縋《すが》る思いで来た長崎でこの見立て、むろん気落ちしなかったといえば嘘になる。養父も実父もさぞやがっかりするだろうと思えば気も塞《ふさ》ぐ。だがな、おまえも知るように子供時分からいつ盲しいになるかと怯え暮らしてきたことを思えば、これでようよう決着がついた。そう考えたら吹っ切れた。いづれ盲目になるとしても、まだ刻はある。準備をする時間は残されているのだとな」

「そういうところ、いかにも兄さんらしい考えだ。ちっとも変わっていない」

と、歌麿は大きく頷いた。すると、

「おまえは変わったなあ、北川歌丸になったんやな」

冗談めかして佐兵衛が笑った。

「おまえはわしと別れるときでも決して涙を見せるような子どもやなかった。泣かぬ子やった。それがどうや、さっきの大泣きは。思いがけぬ再会にはちがいないけれど、あの泣き様を見てわしは思ったで。ああ、小丸はやっと自分の居場所を見つけたんやな、と」

ふたりはあらためて手を取り合って泣いた。歌丸はしゃくりあげながら、自分がなぜ長崎くんだりまで来たか、そのあらましを語った。

「そうか、それは大仕事やな。実家の兄仙太郎がな、おまえから本が送られてきたと報せてきてくれて、わしは栃木の本屋で買い占めたで、北川歌丸『画本虫撰』を」

佐兵衛は笑顔のままに続けた。

「それでな、あれだけ約束したのに小丸はなぜ会いに来ないのかと、それは一日千秋の思いで待ったもんや。そうか、次の仕事でこの長崎へ……なあ」

「それもそうですが、あのときの約束は一人前の絵師になったらというもの。まだまだ筆一本で立てる身とはほど遠く、お訪ねしたものかどうかと。それに下野の栃木というだけで、わたしは新井田屋さんの場所を存じあげませんし――」

それを聞いた手代の与平が、

「僭越《せんえつ》ですが、下野栃木で新井田屋とお訊ねくだされば知らぬ者はおりません。江戸へ戻りましたら手前が詳しい道筋を耕書堂さまへ宛ててお送りします」

これを笑って聞き流したあと新井田屋佐兵衛が、

「ここから近江の実家に寄って栃木へ戻るとなれば、都合ひと月もお店を空けたことになる。心が急《せ》く。おまえとはまだまだ積もる話は尽きないけれど、わしは明日、戻り船に乗る。いいか、再びの約束だぞ。ここでの仕事が終わって江戸へ戻ったときには、必ず栃木へ訪ねて来いよ。北川歌丸はもう立派に絵師だ。そうでしょう、重蔵さん」

重蔵は言葉にせぬまま、ひとつ肯《うなづ》いてみせた。


ケアマネと相談し介護用のベッドと簡易トイレ、それに小型の車椅子をリース契約し、おやじの部屋と玄関、水まわりにも手摺りを付けた。かなり悲観的に考えていたのだが、父親の認知症はそこまで進行しているようには思えない。口数は減ったものの、

「もうおまえに、東京へ帰れとは言えなくなっちまったなあ」

と、真顔で言う父親に、

「ケアマネさんからも医者からも、とにかく週二日のデイサービスは続けたほうがいいと

言われているから、おやじ、行ってくれるよな」

「車椅子でか……」

「最初のうちはしようがないよ。だけどリハビリもしてくれるそうだから、そのうちに自力で歩けるようになるさ」

自立できる見込みがあるのなら再入院して、しっかりリハビリをしてもらいたいと父親は言う。

「おれだってそう思うよ。いまな、おやじを受け入れてリハビリをしっかりやってくれる病院なり施設なりをケアマネと一緒に当たってるところだけど、条件的なこともあって、なかなかしっくりこないんだ。それにな、病院でも施設でも、いったん入ったら、コロナ対策として、おれとおやじは面会ができなくなるんだ。おれ、それは嫌だなと思ってさ。おやじはどうよ」

「……そうか、それはおれも嫌だ」

そうつぶやいたあと、

「おまえ、歌麿はどうした。小説は書いているのか」

おれはちょっとムッとなった。

「いまは無理だろう。歌麿どころじゃねえよ」

つい、強い言い方になってしまう。

「そうだな、おれがこんなじゃなあ……」

「いや、そういう意味じゃなくて、ちょっと小説のことを考える余裕がいまのおれにはないってことさ」

「諦めるのか」

おれはさらに強い口調で、

「諦めるとは言ってないだろ。おやじの持論に沿えば、なぜ歌麿はここ栃木の町で『雪月花』を描くことになったのか、もっとじっくり調べてみたいんだ。でも、いまはその時期じゃないってことさ」

なんか自分で喋っていて言い逃れの感じがした。おやじはきっと心苦しいにちがいない。でもおれだって心苦しい。

「おやじ、歌麿は逃げやしないさ」

自分自身を言い聞かせるように言葉に出した。

捌

佐兵衛と別れた夕刻過ぎ、洪庵宅へ戻ってみると、いわゆる〝次の仕事〟が運び込まれていた。

「歌丸先生、探しましたぞ。どこをふらついとられましたと」

松井洪庵とその弟子たちは白い布に包まれた遺体を前に、腑分けの準備を整えていた。

それはまだ若い女の遺体で、心中者の片割れとのこと。丸山遊郭から足抜けした遊女とお店《たな》者《もの》だといい、入水して男女ともに果てた。追っ手のひとりが海へ飛び込むふたりを目撃し、崖を降りて水から引き上げるまでの時間は短かったのだが、すでに絶命していたという。

「真に不憫《ふびん》なことなれども、顔も躰も水死体とは思えんほど美しかとです。歌丸先生、すぐに支度ばお願いします」

心中者の遺体は役所の取り調べの後、申し出があれば近親者へ引き渡される。男のほうはお店から引き取りに来たが、女は引き取り手がなかった。そこでかねてより腑分け願いの出てい

た松井洪庵へこの遺体が下げ渡しになったという次第。急いで用意を調えた歌丸に、

「顔は傷付けとうなかですけん、首から上は写さんように」

と念を押し、洪庵はまず胸骨の下辺を見当に刃物を入れる。それを潮に重蔵は歌丸へ目で合図を送ると、部屋を出て行った。

小刀を臍下《さいか》まで切り進んだ洪庵は、次に胸骨に沿って左右に胸を開いていく。皮膚を開くとその下は真っ黄色な脂肪で覆われている。

「これがいわゆる皮下脂肪ばい。まだ若いし栄養は行き届いておったようじゃな。焦らんようにゆっくりと丁寧にこれを少しずつ剥《は》いでいく。やってみんさい」

洪庵は弟子たちと執刀を変わった。胸を開けばすぐに内臓が出てくると思っていた歌丸はその皮下脂肪を見て、まるで鶏の油のようだと思いつつ、墨一色でこの様を写し取っていこうとする。

「歌丸先生、脂肪を取り除き、胸膜が現れたらこれも開きます。それから胸骨、肋骨と切り離していきますけん、胸から腹にかけて臓器が露出したなら、そこからが本番ですばい。見たままを誇張なく出来るだけ正確に写してください。よかですな、それまでは人体とはどういうものか、皮膚の下がどうなっているのかを、まずはしっかりと目に止めておいてくだされば結構」

歌丸は何度も頷き、用意した何枚もの紙と筆を床に並べて、洪庵の手順どおりに描いていく

ことにする。あとはそれを組み合わせて一枚に仕上げるしかあるまい。錦絵を描くのとはわけがちがう。すべてを一枚に収めて誇張なく正確にと言われれば、そうするしか方法はないと腹を決めた。女性には乳房がある。これは相当な長丁場になるだろうが、ここまで来て筆を投げるわけにはいかなかった。

弟子たちが代わる代わる執刀し、概《おおむ》ね脂肪を取り除いたところで洪庵が再び小刀を握った。薄い胸膜をゆっくりと剥がしていくと内臓が現れるが、まだ全容は定かでない。そこでまた弟子たちに指示し、胸骨および肋骨を腑分け用の鋸《のこぎり》で外していくと内臓の全容がほぼ明らかとなる。

「これが心の臓、人間の躰を司る中心の臓器。この二本の血の道を傷つけぬよう辿《たど》っていくと、この両脇に膨らむ二つが肺臓、胃の腑はこれ、これに繋がっているのが大腸で肝の蔵はここ、この裏に脾臓が隠れとる」

弟子や歌丸に、また自身もいちいち確認するように声に出して説明していく。午後すぐから始まった腑分けは、すでに夜中となっていた。

「夜明けまでひと休みしまっしょ。陽が昇ったらすぐに再開するとよ」

もう六月に入っている。腑分け途中の遺体はいったん焼酎から抽出した消毒用液を染み込ませた白布で覆った。

「どうしても三日三晩のうちにこの腑分けを終えねばならん。そうしないとこの陽気じゃ。骨格はともかく臓器が保たん」

さすがは外科術を修めた女医者のこと、重蔵や弟子たちが手配した握り飯に手を付けたのは松井洪庵のみで、歌丸も水しか喉を通らなかった。その洪庵も弟子たちも束の間の睡眠を取ったが、歌丸は三日三晩をほとんど眠りもせず、ひとつひとつの臓器を描き通したのだった。

胸上部《きょうじょうぶ》から下顎《かがく》へ向かって首を切り開いていく。

「この気道が肺臓と繋がって人間を生かしとう。入水の自死やけん、やっぱりかなりの水が溜まりよる。よっぽど苦しかったろうに……哀れじゃ」

と、いったん手を止めて黙禱《もくとう》したあと、

「こっちは食道で、これは胃の腑へとつながっておる」

下半身となるとことに複雑を極め、子宮から卵巣卵管、膀胱《ぼうこう》から尿管尿道口、小腸から肛門へと追っていく。さらに陰毛を剃って露わになった陰門（性器）の隅々に至るまで何枚も描き崩しては、みなが仮眠を取っている間も歌丸は何度となく納得のゆくまで細密に部位を写し取っていった。

三日三晩はあっという間だった。右足膝下まで開いて筋肉やら神経、腱の筋を確かめたところで洪庵先生も弟子たちも、そして遺体の状態にも限界がきていた。

「今回はここまでとする」

松井洪庵が腑分けの終了を宣言すると、弟子たちには安堵の空気が流れたが、歌丸は不満だった。

「先生、背面は、背中はやらないのですか。それに顔は傷付けたくないとはいえ、この滅多にない機会に脳を見ないのですか」

この問いに洪庵先生、困ったような表情をみせた。すかさず一番弟子だという男が歌丸の耳元でささやくように伝える。

「この様子だと背面も脂肪が多く、筋肉までたどり着くのに丸一日はかかります。それに……洪庵先生はまだ、脳の腑分けを許されておらんとです」

どうやら蘭方医の世界にも煩《わずら》わしい決め事があるらしいと、歌丸は納得するしかなかった。

腑分けの終わった遺体は縫合され、回向料《えこうりょう》を添えて決められた寺方へ引き取られて行った。その際、この腑分けに関わった全員が玄関先まで見送り、大八車が見えなくなるまで手を合わせた。

これで一段落ということになり、湯を沸かし各自それぞれ体を洗い流し、座敷でお清めの一献という段取りになったのだが、歌丸だけは自室に籠もったまま顔を見せない。ここからが北川歌丸の真骨頂だと分かっていたからこそ無碍《むげ》に誘い出すようなことはしなかった重蔵をさえ、根を詰めて躰を壊すのではないかと不安がらせるほど、歌丸は一心不乱だった。描き写した臓器を娘の躰の元の場所へと収めていくのだ。墨一色の線画である。これを三枚描き切らねばならない。一枚はそのまま役所へ提出する分であり、一枚は各臓器の絵と一緒に松井洪庵へ渡すことになっている。そしてもう一枚は無論のこと、江戸へと持ち帰るためのもので、これには彩色すると決めて筆を進めた。そこへ、姿を見せぬ歌麿を案じた洪庵が顔を出す。

「歌丸先生、この度は無理な願いをお聞き届けいただきまして、真にありがとうございました。腑分けに立ち会いますとな、しばらく物が喉を通らんとです。水さえ吐く者もおるとですが、無理から食べねば体が保ちません。早うに江戸へ戻られたいお気持ちは承知しとりますが、少し休まれてはいかがですな」

「いや、水は飲んでおりますし、重蔵さんの差し入れてくれる握り飯も食べております。急《せ》いて江戸へ戻るために根を詰めているのではありません。この眼に焼き付けたひとつひとつを躊躇《ちゅうちょ》のないうちに再現したいと描き続けていますので、どうかご心配なく。これが終わればゆっくりと休ませてもらってから帰り支度をしますので」

洪庵先生は小さく頷いたあと、逡巡《しゅんじゅん》するような間があって、

「わたしも脳を開いてみたかった。実際の頭の中の仕組みをこの眼で確かめるえっとない（滅多にない）機会を逃してしもうたとです」

そう言って俯いた洪庵に、

「機会はまためぐってきましょう。そのときこそ……」

「先生、また江戸から来てくださるかな」

「いや、この長崎にも絵師はたくさんおられましょうし、どうしても呼び寄せるなら、京、大坂のほうが江戸よりよほど近い」

そう答えたあと、ふたりは腹を抱えて笑い合ったものだ。


すべてを描きあげ、二日間ほどゆっくりと休んだあと、歌丸と重蔵は長崎を離れ、帰りも船で江戸へと向かった。

帰り際に洪庵から約束の足代とは別に重蔵へ二両、歌丸には五両の金が渡されたのだった。

「ご苦労だったねえ、歌さん。それにしてもあの消毒液の臭いってえものは、当分忘れられそうもねえなあ」

「慣れないうちは嘔吐《えず》く感じだったけれど、嗅ぎ続けているうち、気にならなくなりましたよ。それよりね、重蔵さん。忘れられないといえば、あのお女郎の顔ですよ。洪庵先生とは顔を写さない約束だけれど、わたしはね、どうにも忘れられないんですよ。だからこの戻り旅の間に描いてみたいと思うんです」

重蔵がぎょっとしたような顔をして、

「あの腑分け図に心中した女郎の顔を描くっていうのかい。そいつは止したほうがいい」

持ち帰るため丁寧に丸め、竹の筒に収められた腑分け図のほうに目をやりながら眉をひそめた。

「いいえ、あの図に顔を描くような真似はしませんよ。別に描くんです。細密に描く必要もありませんから、あの娘はお女郎でなくもいいんです。死んでいなくもいいんですよ。わたしはね、生きていたときのあの娘の顔を描いてみたいんです」

まだ腑に落ちぬ様子の重蔵だったが、

「そうかい。どうせ他にやることのない長い船旅だ。揺れるだろうが描いてみればいいやね」

そう言ったあと、

「歌さん、あんたのこれからの仕事が楽しみだ。あの下野栃木の佐兵衛さんを訪ねる日も近いだろうよ」

感心したように付け加えたものだ。


それは秋祭りのためのお囃子をさらう笛の音が聞こえ始めた頃のことだ。夕飯を終えたあと、ベッドへ寝かせた父親が、

「おい、おまえおれの金をどうした」

と訊いてきたのだが、なんだか意味が分からないから、

「心配しなくても、まだ大丈夫だよ。おやじは案外貯めていたからな」

ずだ」

「そうじゃない。その机の引き出しに入れておいた茶封筒のことだ。中に五万入ってたは
「なんだ、おやじのへそくりか。また古い蕎麦猪口でも買うつもりだったのか」

軽口を叩いたつもりだったが、父親の詰問口調はだんだん強くなっていく。

「なにを言ってるんだ。コロナで中止になっていた栃木秋祭りが、今年やっと再開されるんだぞ。だから観光課へ寄付するために用意しておいた金だ」

「おいおい、おやじ、ちょっと待てよ。その金をおれが使い込んだと思ってるのかよ」

驚くと同時にこっちも腹が立って、言葉を荒げた。

栃木秋祭りはもともと二年に一度の開催だが、去年はコロナで中止になったから、もう三年行われていないことになる。通常は三日間、江戸山王祭りにも使われた静御前《しずかごぜん》を据《す》えた八メートル余の江戸型人形山車《だし》ほか四台が「蔵の町大通り」を中心に巡行するほか、各町内の山車が計九台それぞれの町を巡る。初日は子ども山車で、自分も小学生のころに山車を引いた記憶があるが、その後は祭りを眺めることはあっても積極的に参加することはなかった。

父親は自分が働いていた市の観光課に強い愛着と使命感があり、歌麿の件もそうだが、この秋祭りが近づくと家の中があわただしくなる。人の出入りも多くなれば、母親も気忙しく立ち動くことになり、若かった自分はその雰囲気が好きになれなかった。

それでも今年、遠くから聞こえてくる囃子方の音《ね》を聞くと、高校生だったころの甘酸っぱいような場面がよみがえり、久し振りの祭りを楽しみにしている自分がいた。佐野市に住む

妹夫婦を招いて寿司でも取り、父親とみんなで山車見物に出かけてみようかと考えていた矢先のことだった。

「おまえ、金がないならないで、こそこそ人の財布から抜くような真似はするな」

「おやじ、自分がなにを言っているのか分かってんのか。おれがいつおやじの金を盗ったっていうんだ」

「おまえ、東京から帰って来る度に、おれやお母ちゃんの財布から金を抜いていたろう。おれがおまえを問い詰めようとしたら、他人様の財布に手をつけるよりよっぽどましだから、黙って知らんぷりしようってお母ちゃんが言ったんだ。だから見て見ぬふりしてたがな、おれもお母ちゃんも、おまえの所業は知っていたんだぞ」

「いつの話だよ……」

確かに——まあ確かにだ、そういうことはあったさ。がそれは大学生のときだ。いまから三十年も前の話だ。まずいことになったと思った。

「そうかね、とうとう始まったかね……」

この話をすると、妹は深刻そうに顔をしかめて俯《うつむ》いた。

「で、どうしたね」

「同じことを何度も言うからさ、五万円を茶封筒に入れて、おやじの枕の下に入れて置いた。そしたらその話はしなくなったから、どうやらおれへの嫌疑《けんぎ》は晴れたらしいが、昔の突拍子もないようなことを口走るようになってさ。参るよ」

「まあさ、お兄ちゃんがお母ちゃんの財布から盗みを働いていたことはわたしも知ってるけどね。いまになって旧悪を暴き立てられてもねえ」

「冗談じゃねえぞ」

「お兄ちゃん、冗談じゃないのよ。これからもっとひどくなるから覚悟しないと。うちの姑もそうだった。嫁が隠した、嫁が盗んだってさ」

妹は離婚まで考えたそうだ。それから気を取り直すように、

「そうかあ、今年は栃木秋祭りやるんだ。お父ちゃん連れ出して山車を見物に行こうよ」

不安ばかりが募っていくが、事実さんざん嘘も付いてきたし、盗みも働いてきたからには、認知の始まった父親に抗弁してみても何の解決にもならない。妹の言うように覚悟しないといけないのだろうが、果たして辛抱できるかな、おれに……。

玖

「こいつは凄い。歌さん、これはおまえがいちいち色を載せたのかい」

蔦屋重三郎は長崎での腑分図を見て瞠目《どうもく》した。

「彩色したのはこれ一枚きりで、洪庵先生にお渡ししたものも、奉行方へ提出したものも墨一色で写すよりほか、時間がなかったものですから」

「で、心中者の片割れだと重蔵からの文にあったが、どんな娘だった」

蔦重が興味深そうに訊ねるものだから、戻り船の中で描いた女の顔を歌丸は取り出して見せる。と蔦重、それを見たとたん、うっと言って息を呑んだものだ。

「これはおめえ、生きてるじゃねえか。それにとてものこと、お女郎じゃなく町娘にしか見えねえぞ」

「あの腑分けされた娘さんが、生きているときの姿を描きたかったんです。だからあの娘はお女郎でなくもいいんです。きれいで楽しそうで、やっと報われたんですから。そういう姿を描きたかったんですよ」

蔦屋重三郎は大きく深く頷くと、

「よし、委細は承知した。あとは耕書堂の仕事だ」

「えっ、どういうことでしょう。まさか親方、この腑分図に女の顔を載せるんじゃありますまいな」

「そんな阿漕《あこぎ》な真似はしねえよ。おれが承知したのはな、おめえを遥々《はるばる》長崎くんだりまでやった自分自身を承知したんだ。分かるかい、まあ、いま分からなくも、いずれ分かるさ。歌丸師匠、これからおまえには働いてもらうぜ」

蔦重は腑分図より先に、まず歌丸直筆の娘の顔を描いた絵を丁寧に竹筒へ収めると、そのまま耕書堂の奥にある自室へと保管した。

それから彫り師工房の頭《かしら》を集め、この腑分図を筋彫りできないかと相談をかけたところ、ほとんどの彫り師が顔を背けて断るなか「うちでやってみましょう」と手を挙げる頭がいて、ならばと発注したのだが、ただし、いくら細密に彫っても手書きとはちがうし、そもそも摺り師が厭がるだろうとその頭は言った。

「いいんだ、彩色は手で乗せる。どんなに腕が良くても色摺りは無理な注文だろう」

これを聞いていた番頭の重蔵が、

「だったらいちいち歌さんに色を付けさせるんですかね。そいつはちょっと……」

「重蔵、おれはそこまで鬼じゃねえ。筋彫りした版をそのまま墨一色で摺らせる。あとは歌丸が描いた腑分図を手本に色を付けていくのは、あいつらだ」

そう言って、絵師志望として店で働く若い衆を指差した。

「そりゃ見映《みば》は数段落ちるだろうが、とりあえず三十部あればいい。それを関東近隣の本屋へ見本として配る。あとは注文摺りだ。医者だけでなく、町方衆にも変わった趣味の者もいる。ここは吹っかけて一枚一両とする。五十注文がくれば五十両。百の注文がくれば百両だ。どうだい、番頭どん」

「でも親方、あの女の顔をどうするんで……まさか」

「ばか言え。あれはな、この耕書堂の宝だぞ。外になんぞ出すもんじゃねえ」

親方の言葉は重蔵の肚《はら》には落ちない。が、歌丸と蔦重とのあいだに、あの絵のことでは通底するものがあるのだろうと感じた。

「この腑分図は百枚をもって売り切りとし、それ以上の注文がきても受けない。で、その筆名だがな、医者にとっては貴重な図だろうが、扱う方にしてみれば謂わば際物《きわもの》だ。改革、改革とうるさいご政道にまさか引っかかりはすまいが、北川歌丸とはしたくねえ。少し雅《みやび》に響く名に……」

しばらく考えていた蔦重が、

「どうだい、哥麻呂筆としようじゃねえか」

だれの同意を求めるでなく、そうだ、そうしようと、蔦重は独りごちた。

「この際は〝北川〟も〝喜多川〟にしようと思うが重蔵、歌丸をここへ呼んでくれ」

喜多川は蔦屋重三郎の養父の姓である。

「どうだい、歌さん。おれはあの女絵を見せられたとき、この先はおまえに喜多川姓を名乗ってもらいたいと思ったんだ。名も歌麿と改め、落款為書《らっかんためがき》は〝哥麻呂筆〟とする。厭かい」

やや間があって、

「結構です。今の今からわたしは喜多川歌麿と名乗りましょう」

絵師、喜多川歌麿の誕生だった。


蔦重がこう決めたには、歌麿の画才がいよいよ花開くときが来たと見込んだこともあるが、耕書堂主人としての目論見も絡んでいた。絵双紙、草双紙、黄表紙本から滑稽本、狂歌本に至るまで、出版の中心はあくまで戯作、言葉、筋書きであって、絵は物語を補助する添え物の位置に甘んじていた。表紙絵、挿絵も含め、絵そのものが主体となる場合は昆虫図や今回の腑分図のように特殊なものに限られ、ましてや春画枕絵などは人気はあるものの、好事家に向けた摺り物であり、万人向けとは言い難い。

「歌麿先生よ、おまえはこれから娘を描け、女を描くんだ」

「それは私も望むところですが、どなたの戯作で」

「そうじゃねえ。一枚物でいく。おまえは絵師だ、言葉に頼るな。一枚の絵に、その女の物語をおまえが筆で描き込むのさ。それが出来る絵師と見込んだから女を描けと言ってるんだ。耕書堂はな、おまえさんに挿絵を頼んでるわけじゃねえ。分かるよな」

江戸中の女たちこそが欲しがるような女の絵を描けと親方は言っている。歌麿は総毛《そうけ》だった。脇で聞いていた重蔵もようやく肚に落ちた。

「孝行や忠義の物語なんぞ、もう喜ぶ奴はいない。早い話が京伝先生に穏やかな忠義物をと水を向けたところで、あの人が筆を執るとは思えまい」

山東京伝の戯曲はまだ発禁にこそなっていないが、その筋から度々注意を受けている。版元の蔦屋耕書堂にも警告書は幾度も届いている。

「おれはあの人の書くものが好きだ。戯作者として一流だ。それはな、殺されて三味線の皮にされた母猫の仇を討つ仔猫の噺とみせかけ、その筋書きにご政道批判を盛り込める筆力があるからだ。だから人はこぞって本を買い求め、物語を読んで溜飲《りゅういん》を下げる。耕書堂はこれからもそういう本を出し続けるつもりさ。そういう戯作者たちと心中するのは構わない。だがな、巻き添え喰って倒れちまっちゃ面白くねえ。もっと腹をくくってしたたかに考えねえと商売は続かねえ。何があろうとこの蔦屋耕書堂は潰れねえと客に思わせなきゃならねえんだ。その頼みの綱になってくれろと頼んでるんだぜ、歌麿先生」

一筋の涙をこぼして頷いた喜多川歌麿は、栃木の新井田屋佐兵衛と文のやり取りをしながらも、そこから数年というもの、憑《つ》かれたように〝女〟を描き続けることになる。

父親の要介護度は2に上がった。進んで食事を摂ることを嫌がり、量も減った。家でトイレに行くときも車椅子を要求する。自立を拒むというよりは、万事につけて面倒がるようになった。父親はこちらの予想をこえて老人顔になっていく。デイサービスからストレッチャーに乗せられて戻ってくる日もある。昼間はほとんど口を開かない。思い出したように訊いてくるのは、

「おまえ、仕事はしてるのか。歌麿の小説はどうなった」

と、そればかりで、いい加減うんざりする。そんなときはテレビを点けてやると、飽きずに画面を見つめているのだが、話の筋を理解しているのかどうか。昔から時代劇が好きだったから、衛星CS放送の時代劇チャンネルというのを契約した。その日の夜、父と一緒にぼんやりとそのチャンネルを観ていたら、それはNHKが製作した番組の再放送だったと思うのだが、劇中で監督に扮した役者のこういうセリフが胸に刺さった。曰く「エンターテイメントの前では史実も道を譲る」と。我が意を得たりで、この言葉には著しく共感した。

「そうさ、こういうことなんだよ。な、おやじ」

父親はポカンとして、返事をしなかったが、自分は何度も「エンターテイメントの前では

史実も道を譲る」と、声に出してくり返した。

またある日のこと、父の書棚を繰《く》っていたらＮＨＫの『日曜美術館・喜多川歌麿』と表書きされたＤＶＤが出てきた。自分で録画したものらしい。それを再生して観ていたら突然に「ウタマロ！」と父親が大声で叫んだのには腰を抜かした。

「なんだよ、おやじ、驚くじゃねえか」

父親は何も答えず、ナレーションが喜多川歌麿の名を言う度に「ウタマロ！」とくり返し叫ぶから、おちおち観ていられない。いったん再生を停止して、夜中にヘッドフォンを付け、あらためてメモを取りながら観返した。

父親はその日を境にして奇声を発したり、わけの分からんことを口走ったりするようになっていく。とくに夜半、

「おい、おまえ、お母ちゃんを呼んできてくれ」

と、何度も起こされる。

「おふくろはな、とっくの昔に亡くなったんだ。おやじ、忘れたのか」

「お母ちゃんは……死んだのか。そうか、だからおまえがここにいるんだなあ」

「ああ、そうだよ。おれは親不孝だから、罰が当たったんだな」

「ちがいないな。おまえは親不孝だったからな。だけどなあ、おれはお母ちゃんに面倒みてもらいたかったよ。おまえはな、側にいてもあんまり役に立たん。おれはな、お母ちゃんが好きだったんだ」

切なそうに父親が言う。

「そうか、お母ちゃんが好きだったのか……」

たまにならこういう会話も悪くはないが、これが毎日となるとさすがにしんどい。自分が削られていく気がする。今回こそは弱音は吐くまいと思っていたが、自宅で父親を診ることの限界を感じ始めていたそんなとき、特別養護老人ホームに空きが出たという報せがケアマネからあった。待機者は多い。早く返事をしないとすぐに埋まってしまうという。妹と相談して、父親を入所させることに決めた。下見に行くと狭いけれど個室で、介護士が食事や風呂など日常の世話をしてくれ、具合の悪いときは看護師が診てくれるというのだが、しかし医師は常駐していない。それを了承のうえ入所申し込み手続きをして欲しいとのことだった。自分は渡された申し込み書には、もしもの場合に延命措置をするかしないかの欄があった。〝しない〟に〇を付けた。

拾

腑分図には当初六十二枚の注文があった。その噂が江戸を越えて評判となり、数は予定した百枚まで伸びた。

あんなものはまともな絵師の描くものではない。要は際物だと非難もされたが、

「おおかた小室芳斉あたりが言い出したことだろう」

気にしなくていいと、蔦重は鼻も引っかけなかった。

医者ばかりでなく武家や豪商のなかにも大枚《たいまい》一両を払っても惜しくはない、ぜひ欲しいという注文もあったが耕書堂は百枚きっかりで売り切り仕舞いとし、お上からのお咎めもなかった。

蔦重から女を描けと言われた歌麿は、すぐに筆を執ったが、その対象は吉原、品川、千住、それに内藤新宿などの遊女たちでなく、荒木町や柳橋、深川の芸者衆でもなかった。かといって美人と評判の町娘や商家の看板娘でもない。年増の女将でなく、大店の箱入り娘でもなかっ

た。歌麿がまず描いたのは、歌麿自身の頭の中にある女たちだった。

自分に乳を含ませてくれた女たち、とりわけ初めて細筆で遊ばせてくれた女。あの女たちがまだ若く、女郎衆でもなく、ありふれた暮らしをしながらも女っぷりを気にかけて鏡に向かい、その髪を結っている様を描いた。絵師を志した頃の若き小芝紫苑や、その紫苑と出会ったばかりの滝江はどんな姿だっただろうと想像をめぐらしては筆を走らせた。歌麿が描く女の絵姿はどれも初《うぶ》で、けれど艶っぽくもあり、評判となった。

そのうちに自身を描いて欲しいという依頼が吉原の遊女や深川界隈の芸者衆から引きも切らず、耕書堂ではそれを捌《さば》く順番待ちという有様で、素人衆の娘や商家の奥方からも引き合いがくるようになっていく。

歌麿はこれを機に耕書堂を出て、神田連雀町《れんじゃくちょう》近くに仕事場を構えた。蔦屋の親方から見込みがあると推された絵師志望の若者に北川秀丸の名を許し、弟子として衣食を共にしながら新たな仕事場を基点に女を描き続けた。注文は耕書堂がほとんどだったが、和泉屋、大國屋といった版元からも依頼があり、喜多川歌麿といえば女を描かせたら江戸で右に出る絵師はいないとまで言われるようになっていく。

「歌麿師匠、どうだい、筆一本の看板を背負った限りはそろそろ所帯を持ったら」

蔦重にも重蔵にも何度も水を向けられたが、歌麿には自分が家族を持つという実感がどうにも持てないでいた。

「蔦屋の親方や番頭の重さんがわたしの家族みたいなものですから……」

「まあ、それならそれで無理にとは言わねえさ。女房をもらうと枕絵が下手になるっていうからな」

蔦重は冗談めかして言ったが、実際に遊女からは自身を材にした枕絵を描いて欲しいという注文もかなりあった。実際のところ、最初のうち歌麿は春画、枕絵の類を引き受けることに抵抗があったが、あの長崎での仕事を思い起こせば、人の営みに欠かせぬ行為であって、それを絵師としてどう写すかのほうに思いがいく。ただし歌麿は閨中事《けいちゅうごと》に及ぶの男の様を描くのがどうにも苦手で、蔦屋の親方や番頭の重蔵が女房や遊女とどう秘め事を交わしているか、まして女好きと言われた小室芳斉のことを思い浮かべてさえ、描き切れないもどかしさを抱えていた。

「歌さん、おまえの描く男の麻羅《まら》がでかいものだから、さぞや歌麿もでかいのだろうと陰で噂になってるぜ」

「どうしても上手く描けませんでね。親方からの預かり弟子の秀丸に、じっくりと閨での様子を見せてくれろと迫ったものの、目を丸くして断られてしまいました」

本当に悩んでいるらしい歌麿のこの話に、蔦重は腹を抱えたことだった。

無我夢中で描き続け、気がつけば三十路を目前にした歌麿は仕事に一段落をつけると、念願だった下野《しもつけ》栃木の新井田屋佐兵衛を遥々《ようよう》にして訪ねることにした。佐吉兄さん、小丸と呼び合

ったあの別れ際の約束、

「おまえが一人前の絵師になったら、きっと会おうな」

その条件をやっと満たすことができたとの思いが歌麿にはあった。それは長崎での偶然の再会から、文のやり取りはしていたものの、すでに七年近くが経っていた。

下野ノ国栃木宿は権現様を祀る日光東照宮への道すがらに位置する。例幣使《れいへいし》街道を行く丸二日の独り旅は歌麿にとって初の経験だった。大平町富田宿から栃木宿の南木戸へ入り、地蔵橋の辺りで新井田屋と訊くと、なるほどその店はすぐに分かった。

威勢を誇る立派な店構えの暖簾をくぐって小僧に名を告げると、長崎で会った手代の与平が飛び出してきた。あらかじめ文で訪ねる旨を報せてはいたが、

「まさかに陸路だとは存じませんで、江戸からなら船で巴波川《うずまがわ》に沿って来られるものとばかり思い込んでおりましてお出迎えにも行かず、これは失礼を致しました。さあさあ、奥へお通りくださいませ。主人佐兵衛があなた様の到着を今かいまかと首を長くしてお待ちでございます」

再会した佐兵衛の眼鏡は、その厚さがさらに増している。それを見た歌麿はやはりもう少し早くに訪ねるべきだったと後悔したものだ。

「よく来た、よく来たなあ。いつになったら来てくれるものかと、心待ちにしていたぞ。いっそこちらから訪ねようかとも考えたのだが、喜多川歌麿といえばいちばん人気の絵師。きっ

と忙しいに違いないのだから、こちらから押しかけては迷惑になると家内が言うものだから、それもそうだと思い留まったようなことよ」

佐兵衛の口から出た家内という言葉に、歌麿は素直に驚いた。やり取りした文には、嫁をもらったというような事柄はひと言もなかったからだ。

「佐吉兄さん、いや、佐兵衛兄さん、お嫁さまを迎えられたのですか」

「いや、おまえに報せなかったのはな、これも長い話になる。それはそうと、まずは嫁と会ってやって欲しい。話はそれから、それから」

言われるままに旅支度を解き、喉を潤したあと湯浴《ゆあ》みして汗を流した。用意された着物に着替え、あらためて佐兵衛と対座したところへ、姿の良い女性《にょしょう》が薄茶を持って現れると、俯いた顔を上げながら、

「新井田屋佐兵衛の嫁、留衣《るい》にございます。歌麿先生のことは主人から存分に聞かされておりますゆえ、これが初対面とは思えません」

とにっこり微笑んだその顔を見て、歌麿はあっけにとられた。

「あっいや、これは……」

と言ったきり、あとの言葉が出て来ない。

「小丸、いや、いまや歌麿先生やな。どうした、まるで鳩が豆鉄砲を喰らったような顔をして」

歌麿はとにかく、留衣の面立ちに釘付けになってしまう。それでもはっと我に返って、

「佐兵衛兄さん、これもまた話せば長い話になります」

「そうか、長い話と長い話で、今夜は夜明かしになりそうな。おまえ、いける口だろ」

「ええ、付き合い程度には。絵師が酒を呑めんでは仕事になりませんから」

「それはわしも同じこと。目に良くないのは承知だが、酒付き合いができんでは、やっぱり商売にならん。これでよっぽど鍛えられましたで」

それを聞いた留衣は酒の支度のため、奥へと引っ込んだ。

「いやっ、兄さん、驚いたのなんの。長い話は留衣さまが戻る前に、まず手前から」

「聞こう、聞こう、話しておくれ」

佐兵衛が身を乗り出した。

「じつは長崎で偶然にも兄さんと遇い、茶屋で話し込んで別れたあの後のこと、松井洪庵先生という医者宅へ戻りますと、もう腑分けするための遺体が運び込まれていたのです」

「そうだったか。それは引き留めて申し訳なかったなあ」

「いいえ、そうじゃないんですよ」

勢い込んで話し始めたはいいが、さて、この驚きを佐兵衛にどう伝えたものか――。

「兄さん、こいつ、妙なことを言い出したものだと思うでしょうが、話さずにいられないのです」

「いいから思いのままを話してごらんな、気遣いせずに」

歌麿は出された薄茶を飲み干すと、

「その遺体というのが心中者の片割れで、若いお女郎だったのです。そこから三日三晩、夜通しで腑分けを写して都合六日ほど医者宅へご厄介になりました」

佐兵衛は黙って相槌を打つ。

「洪庵先生から遺体の顔は写さぬようあらかじめ言われておりましたし、いざ筆を執っていちいちを細密に描き出すと、娘の顔などに気を向ける余裕もありませんでしたが、すべてを終えて長崎から江戸への戻り船のなか、どうにも何か写し忘れたような思いにとらわれてなりません」

「それはその、遊女のことだな」

「まだ若く、入水して果てたとはいえ、眠っているような表情をしていたあの娘は、生きているときどんな顔で笑ったのだろう。好いた男と心中し、やっと解放されただろうあの娘を、絵師として描くことが自分にできる供養ではないかと思い詰めるようになりまして……」

「いかにもおまえらしいなあ。それで娘さんを描いたんだな」

「描きました。描いたは描いたのですが、生きている娘です。遊女ではなく、女としてしあわせに暮らす一人の娘の顔です。だからまったく別人になってしまったのですが、わたしは初めて自分が納得のいく女絵が描けたと思ったことでした。それが、それがですよ……あの絵の娘がいきなり目の前に現れて」

「そうか、お留衣がその絵の女に似ているんだな」

「似ているなんてものじゃありませんで、厭な気持ちにさせたら申し訳もないことですが、私の描いた絵と留衣さまとは瓜二つ。息が止まるかと思いました。しかも兄さんのお嫁さまと聞かされ、二度驚きました。わたしがどうしても話さずにいられなかったのは、心中したお女郎と留衣さまの顔が似ていると、そういうことでないのはお分かりいただけましょうか」

「いらぬ心配だ。おまえにとって特別な娘が、初対面の留衣に瓜二つだったと、そういうことだくらい、ちゃんと察しているさね。わしとおまえ、留衣とわし、おまえと留衣……か。まったく縁《えにし》というものは不思議なものだなあ。いずれにしても悪い気などするものか」

佐兵衛は、一気に喋り尽くしてまだ動揺している歌麿に、

「つぎはこっちの番だ。一杯やりながらゆっくり話したいところだが、やっぱり留衣のいないところでおまえに聞いておいてもらいたい話だ」

今度は佐兵衛が茶を飲み干した。

「近江の八幡屋からここ栃木の新井田屋の跡取りとして養子に入ったときから心に決めていたことがあってな。一所懸命に励んで商売を広げ、自分がどこまでやれるのかを試してみたい。それが畢竟《ひっきょう》、養父母への恩返しになるのだと。これはまずまず思い通りに、いや、思いの外の広がりでな。養父母も近江の両親も喜んでくれている」

「まさか兄さんにこれほどの商才があるとは、正直なところ思いませんでした」

「それはそうだろう、自分でも驚いているくらいのものだ。ここ栃木の衆やこの店の者たち、実兄の仙太郎など、多くが力を寄せてくれたからこそのこと。わしの手柄など、たかが知れている」

自分も同じことだと、歌麿は何度も頷いた。

「そしてな、どんなに店を大きくしても、どんなに寂しくても嫁は取るまいと、それが自分のなかの決め事だった。その理由は、おまえがいちばん知っているはず。そうだろう」

「目、ですね」

「いまはまだ、おまえの顔も輪郭も分かる。が、長崎で遇ったあのときに比べて、明らかに見え憎くなっている。日頃は何げなく過ごしていても、何年ぶりかで小丸に会えば、やっぱり弱視は相当に進んでるなと実感する」

歌麿に返す言葉はなかった。

「いずれ盲目となる男のところへ嫁に来る娘もおるまいし、それだけは口に出すまいと決めていたところへ、養父母から嫁取りの話が出てな」

自分はやがて失明すると診断を受けている身。こんな自分と一緒になれば娘さんが可哀相だ。苦労を背負うために嫁に来ることになる。佐兵衛は断った。すると義父の久右ヱ門が、

「佐兵衛、おまえと一緒に苦労したいという娘がおる。ここまで身代を広げておいて、おまえの代でこの新井田屋を潰すのか。わたしも妻のお里久《りく》もそれは寂しい限り。だいいち、この

店がなくなったら奉公人たちはどうすればいい。路頭に迷うことになる。この辺で嫁を迎え、わたしたちを安心させて欲しい」

店の者が総掛かりで嫁取りをして欲しいと佐兵衛へ迫った。

「その、こんな自分と苦労してでも添い遂げたいという奇特な娘さんとは、いったいどなたさんで」

「おまえも知っている娘だ。お里久の姪のお留衣じゃ。おまえより六つ下、年頃も丁度だろう。おまえ、留衣では嫁として不足か」

養母のお里久を訪ねては、たびたび新井田屋へ顔を出していた留衣のことを、気立ての良い、よく気の付く娘だとは思っていたが、嫁としてなど意識したこともなかった。けれど養父にあらためて「留衣では不足か」と問われると、佐兵衛は返答に窮した。留衣は佐兵衛が弱視であることも、このまま病状が悪化すればいずれは失明することも承知していた。だからこそ、親戚筋から嫁を迎えたいという養父母の思いも理解はできる。なにより、佐兵衛が嫁を迎えたと知れば、いちばん喜ぶのは近江の両親であることもまた、よくよく承知している。

「光をまったく失うということがどういうことか、自分でもよく分かっておりませんし、それで商売が仕切れるものかどうかも分かりません。ご返事はいましばらくの猶予を」

佐兵衛はそう答えた。ところがそれから半年余り後のこと、養父の久右ヱ門は店を退き、養女のお里久と共にさっさと小山《おやま》の隠居所へ引っ込んでしまう。どう引き留めても、この店の一切はおまえに任せたの一点張り。八幡屋さんに無理を言っておまえを養子に迎えたときから腹に決めていたことだと、誰の説得も効かない。

「これからおまえの身の回りの世話は留衣がする。嫁としてここへ入れるのがためらわれるならば、女中を雇ったと思えばいい。本人もそれで構わないと言っている」

そうまでされて、佐兵衛は引っ込みがつかない。

「養父の久右ヱ門という人はまったく強引な人でなあ。わしを養子にと、ここ栃木へ迎え入れたときもそうだった。また今回も、なあ」

「それだけ兄さんを見込んだということでしょう。そして兄さんはその期待に見事に応えなさった」

留衣を家に入れて祝言もせず、まさか女中として身の回りの世話をさせるわけにもいくまい。まるで妾のように思われるのでは、それこそ佐兵衛の本意ではない。そこで留衣と相対で、本当に自分でいいのか、叔母である養母の里久に言い含められたのではないかと問い質したところ、そうではないと留衣は言い切った。

「佐兵衛さま、あんまり人を見下すものじゃありませんよ。わたしを信用できないということですか」

留衣はそれ以上はなにも言わず、ただ佐兵衛をにらみつけるばかり。そういう留衣を見たのは初めてのことで、佐兵衛はすっかり気圧《けお》されてしまった。

「兄さんをやり込めるとは、これは愉快。なんとまあ、溜飲の下がることで」

「ふん、笑ったな。おまえが笑った顔を見たのは久し振り、いや初めてとちがうか」

たしかに小丸は笑いもせず、泣きもしない子どもだった。小丸から歌麿になり、抱えていた闇に光が差したことを佐兵衛ははっきりと感じ取った。

「それで祝言をお挙げなさったわけですね。これは良い話を聞かせてもらいました。留衣さまはなかなかに手強そうだ」

「ああ、手強いぞ。気をつけるがいい」

そこへ膳を運んできた留衣が、

「本当の兄弟のよう。楽しそうなこと。何のお話でしょう」

「昔語りさ。厄介者だった二人が、よくここまで生き延びてこられたものだと、なあ」

なにもかも心得ているように微笑む留衣の顔を間近にしながら、まったくの偶然とは言いながら、本当に似ているものだと、歌麿はあらためて留衣との縁《えにし》を感じていた。


一日か二日置きに施設へ面会に行く。ガラス越しで一五分間、車椅子に乗せられて面会場所へ連れられてくる父親とインターフォンを使って話す。

「今日の調子はどうよ」

父親は頷くだけで、ほとんど口を開かなくなった。

「おやじ、おれが誰だか分かるよな」

父親はふんっという顔で、やっぱり頷くだけだ。

「おれは誰なのか、はっきり言ってみろよ」

「ろくでなしの、長男だ」

これでやっと安心する。

面会は一度に身内一人のみという規則だから、妹と一緒には行けないが、妹が面会に行った日は必ず連絡がある。

「たった一五分なのに、疲れるわあ。お兄ちゃん、疲れないかね」

そう、たった一五分なのに父親との面会はひどく消耗する。体力的なことではない。身が、神経が削られる。

夜は父親のために契約した宅配の弁当で焼酎を呑む。酔ってくると、いろいろ思いめぐらす。離婚という選択に正当性はあっただろうか……。どのみち自分は子どもたちには頼れないし、頼るつもりもない。頼るつもりはないけれど、恐らく迷惑は掛けることになるだろう。

「生き方は選べても、死に方は選べない」

などとうそぶいてみる。本心では、生き方も死に方も選べそうにない五〇男のニヒリズムか。こういうヒロイズムと背中合わせの心情には中毒性がある。常習するとだんだん心地よくなって、抜け出せなくなる。それで何度も失敗してきた。

こんなときは誰かと話したい。誰でもいい。久し振りで息子に電話してみようかと思ったが、止した。口論になるのがオチだ。妹へとも思ったが、飲み過ぎだと説教され、信用を落とすことになるのは火を見るよりあきらかだ。

「誰もいねえもんなあ……」

両親のいない実家で孤独を噛みしめながらの独酌。危ない、危ない。この寂寞感《せきばくかん》の心地良さは病み付きになるぞ。別のことを考えようと思ったとき、

「おやじがいればなあ……」

自分で予想もしない言葉が口をついた。

「そうさ、この家にいないだけで、おやじは死んだわけじゃない。おやじに話せばいいんだ」

翌日、面会場所に現れた父親にいきなり話しかけた。

「おやじ、江戸時代ってのは凄いよな。二百五十年以上も鎖国してたってことはさ、内乱はあったにせよ、とにかく外国と戦争しなかったってことだろ。食料にしろ何にしろ、生活に必要なものはほぼ国内で賄《まかな》っていたってことになるわけだ。そりゃ権力者から威圧されたり、理不尽な目にあったり、虐げられた人々はいくらもいただろうがさ、それなりの秩序はあったはずだよな」

すると父親が、

「信仰だってあったんだ」

そう返してきたものだ。自分は構わず続けた。

「ということはだな、つまり圧政と理不尽、秩序や信仰のなかから独自の文化が生まれたってことになる。そのひとつが浮世絵で、歌麿ってやつはさ、そういう時代を生きて、江戸庶民の暮らしぶりを活写した絵師ってことだろう。そういう解釈でいいんだよなあ」

父親の目に光が戻った気がした。

「京都や大坂の文化には奈良や滋賀、兵庫や和歌山あたりの豪商が貢献していたんだろうし、江戸の暮らしや文化にあこがれて、これを支えていたのはいわゆる関東一円の金持ちたちだったんだろうな」

「栃木にも強い影響力を持った豪商はいたんだ。知ってるか」

「ああ、おやじが集めた資料を見たよ」

「喜多川歌麿はな、この栃木の豪商たちに支えられて、直筆の大作『雪月花』を描くことができたんだ」

ここで一五分間の面会時間が終了した。帰り際に父親が、

「おまえ、今度はいつ来る」

と訊いてきた。自分は、

「また二、三日うちには来るよ」と答えた。

拾壱

栃木の新井田屋に投宿中、歌麿は佐兵衛に求められて昔のように蜻蛉《とんぼ》や蟷螂《かまきり》の絵を描いてみせた。

「さすがは見事なものですねえ」

留衣が佐兵衛と顔を見合わせながら感心した。

「そうだろう。この絵を初めて見たときから、小丸はいずれきっとひとかどの絵師になるだろうと思った。それがどうだ、いまは歌麿先生だ」

「先生は止してくださいな、兄さん」

「ところでな、喜多川歌麿にぜひ会わせて欲しいというお方が何人もおられてな。つまり絵を描いて欲しいということだろう。どうかな、江戸での暮らしはなにかと物入り。少々小遣い稼ぎをしていかんか」

こんな提案を受けるとは、佐兵衛兄さんも商売人になったものだと歌麿は舌を巻く。その口調もどこか蔦重親方に似ている気がする。軽く頷きながら佐兵衛の顔を覗き込むと、歌麿の気持ちが伝わったのだろう、佐兵衛は頭を掻いて苦笑いした。

「せっかくの気散《きさん》じ旅、無理に絵筆を持たせようというのではない。断ってくれて構わないのだ」

「いやいや、まだまだ駆けだし絵師のわたしにそこまで言ってくださるなら、断る理由がありません」

「そうか、そうか。じつはな、絵筆やら紙やら彩色具やら、きっと必要だろうものをいろいろと取り寄せてある。よかったら使って欲しいと思ってな。江戸で仕事が待っていようけれど、もう幾日かは逗留《とうりゅう》できるんだろ」

親方になにも言わずに出てきた手前、そう長逗留もできないが、

「いましばらくは、ご厄介になりましょう」

歌麿は留衣に目礼した。


佐兵衛と付き合いが深い、ここ栃木の豪商と呼ばれる人たちと面会する。

「こちらが鎌喜さん、こちらは鎌伊さん、そしてこの方が鎌佐の善野さん、いずれも大店のご主人方で、狂歌仲間でもある。善野さんとは家紋も同じ九枚笹《くまいざさ》でな、新井田屋の養父の代からのお付き合いで同族をいいことに、商売上のことから狂歌の手ほどきまで、いろいろと相談

に乗ってもらっているのだよ」

どの屋号にも〝鎌〟の字がつく。親戚筋に当たるのかまでは訊かなかったが、家紋が一緒となれば善野家とは元は血縁筋になるのだろう。いづれにせよ三家とも威風があり、いかにも長者らしい風格もある。歌麿は栃木でいちばんの料亭柳園《りゅうえん》の大広間で食事の接待を受けたあと、舟運《しゅううん》で栄えた栃木らしく、巴波川《うずまがわ》に屋形船を浮かべ、芸衆《げいしゅう》を揚げての酒宴は盛り上がったものの、その日その場で、絵筆を執って欲しいなど直接の頼み事はされずじまいだった。

その翌日にそれぞれの親類、あるいは紹介を受けたという人が数人、歌麿を訪ねてきて、ぜひ絵を描いて欲しいという。巴波川の風景を写して欲しいという人もいれば、家宝にしたいから何か商売が繁盛して運気の上がる絵にして欲しいとねだる人もいる。健康運を願って自分の幼子を、との希望には応えたものの、夕餉時にやってきて、杯を交わしつつもじもじと言い出しづらそうにするうち、ぜひ春画をお願いしたいと言い出す者まで現れた。

「せっかくですが、娘さんの艶絵姿、春画枕絵の類はお引き受けできません。こういうご時世でもあり、いくら手すさびと申しましても、露見すれば新井田屋さんにも、まして蔦屋耕書堂の親方にも迷惑のかかる話。それに少し長逗留が過ぎました。一両日中には江戸へ戻らねばなりませんので」

相手は恐縮し、ひどく残念がって、

「このようなお頼みをしたこと、ぜひご内聞に」と、押しつけるように金銭を置いていった。

「なにも描いたわけでなく、こうしたお金を受け取る理由がありません」

突っ返そうとする歌麿に、納めておけと佐兵衛が目で合図した。


「歌麿先生、無理を言ってすまなかったなあ」

佐兵衛は戯《おど》けたように頭を下げた。

「いえ、久方ぶりに絵師らしい仕事をさせてもらいました。それにお小遣いも頂戴しまして」

「この一両日に江戸へ戻るとのことだったが、どうだろう、うちのお留衣を描いてみる気はないか」

それを脇で聞いていた留依が、

「あなた、とんでもないことを。いくら兄弟同然の仲とはいえ、無理を言うものではありませんよ。そんなことを言い出したら、歌麿さまはもう二度と、この栃木の新井田屋を訪ねてくれなくなります。それでいいのですか」

「いや、戯《ざ》れ言、戯れ言。もう二度と来てくれなくなるのは、それは困る。わしの目の明いているうちに何度でも訪ねてくると約束しておくれ」

佐兵衛がなぜ留衣を写して欲しいと言ったか、その理由を察しているだけに、歌麿は迷った。けれどやはり、それはできない相談だった。

「むろんのこと、この先は何度でも栃木へお邪魔させていただくつもりです。ただし兄さん、お留衣さまは描けません。正直、描かせてもらいたい気持ちはあります」

留衣の顔が赤らんだ。

「うちの親方はわたしが描いた直筆画を人手に渡すことを嫌がります。摺りものの元絵、版木は耕書堂へ納めるが決まりでして。まして美人画の直筆が散逸することには神経質でしてねえ」

「そうかそうか、無理を言ったな、済まなかった。やっぱり留衣には勝てん」

「兄さん、お留衣さまは手強い、手強い」

「二人して、わたしのことをおからかいなさって。ねえ、歌麿先生、これに懲りず、近くまた必ずお訪ねくださいまし。お約束ですよ」

歌麿は返事のかわりに大きく頷いてみせた。


父親は日に日に弱っていく。面会へ行っても出てこない日もある。

「今日は体調が悪く、ベッドから車椅子へ移ることがお辛いようですので」

介護士からそう告げられて、引き返すことも度々になった。今後はまず電話で父親が面会可能な体調か否かを確認し、それから伺うようにしますと言うと、そうしてくださいとの返事だった。このことを妹へ伝える。

「そうかねえ。お父ちゃん、そんなかね」

「かなり認知も進んでいるらしい。夜中に叫んだりすることもあるそうだ」

「ウタマロ！　ってかね。お兄ちゃん、小説は書いてるの」

「ああ、まあな……」

曖昧な返事しかできない。

「ここからが長い人もいるけれど、心筋梗塞に脳出血までやってるんだから、覚悟だけはしておかないと、ねえ」

「そういうことだな」

そんなやり取りをした翌日のこと。施設から呼び出しの電話があった。

「おやじに、何かあったんですか」

不安が闇雲のように広がっていく。

「いえ、そうではなく、昨日、看護師と介護士職員の全体会議がありまして、今後の方針についてご長男とお話ししようということになったんです」

「分かりました。伺います」

まさか、この期に及んで施設を出て欲しいというようなことじゃあるまいな。あれやこれやの疑念でその夜はまんじりともできず、ぼやけた頭で約束の時間に施設へ向かった。

「で、どうだったの。看取《みと》りまでってことだったでしょ。今になって、この状態では介護しきれない、なんてことじゃないよね」

「いや、そうじゃなかったんだ」

父親はもう、車椅子で面会場所へ行って、インターフォン越しに話をするのは嫌だといっているとのこと。わがままではなく、もう体力的に無理なのだろう。

「一日中うとうとされていることも多く、食も細くなりまして、腰や足の痛みを訴えるようになってきています。痛みについては先生に相談してロキソニンを、夜はレンドルミンという睡眠導入剤を処方してもらっています。体力は落ちてきていますが、ご長男にはとても会いたがっておられますので、今後は面会場所ではなく、ご長男には直接お父様の部屋で面会してもらうようにしようということになりました。いかがでしょう」

「この時期に直接面会してもいいんですか」

「ええ、五回目のコロナ接種証明書を確認させていただいて、あとは玄関で手の消毒と不織布マスクを付けてもらえれば、個室ですから問題はありません。それから、基本的に外部からの食べ物は一切持ち込めない規則ですが、お父様が食べたいもの、飲みたいと希望されるものはどうぞ持ってきてあげてください。時間制限も気にせず、じっくりとお話なさって結構ですから」

「それって、うちのおやじだけの特別な配慮なんでしょうか。それとも面会制限が解けたということですか」

面会制限は継続するが、今回の父親に対する対応は、決して特別というわけではないと施設長の女性は言った。

「コロナに関しての政府通達は今後も厳格に遵守《じゅんしゅ》しますが、コロナを理由にまったくご家族と会えないままになってしまうというのは、看取りまで責任をもってお預かりしている当施設としてどうなのか、という議論がありまして」

それだけ聞けば充分だった。父親の死期は近い。だからできる限り本人の希望に寄り添うことが、コロナ騒ぎが起きる以前から、この施設の方針なのだと施設長は言っているのだ。

そのまま父親の部屋へ通された。

「なんだ、どうした。入ってきて大丈夫なのか」

父親はベッドに伏せったままだか、案外としっかりした声だった。

「おやじが面会場所まで来られないというから、こっちからきたんだ。施設長さんの諒解はもらってある」

しばらく無言でいた父親が、

「ふーん、そうか」と言った。

「何か食いたいものはないかい。今度持ってくるよ」

「……別にないが、ただなあ、急須で煎れたお茶が飲みたいなあ。ここのはな、ぬるいし、まずい。色の付いたお湯を飲んでるみたいで、お茶の香りもなにもしない」

父親は茶葉だけはケチるなと、母親にいつも言っていたことを思い出す。

「わかった。急須と高い煎茶を買ってくるよ」

父親が小さく頷いた。夜中に叫んだりする夜間譫妄《やかんせんもう》は進んでいるが、昼間は割りと会話が成立すると聞いた。

ほかに食べたいものはないかと訊いたが、首を振っているうち、すーすーと寝息をたてはじめたから、介護士さんに「また明日来ます」と断って施設を後にした。

翌日の午後、母親がよく使っていた急須と湯呑み、それに玉露を仕入れて、施設を訪ねた。お湯をもらって、昔母親がやっていたように湯を冷まし、茶葉が開いたところで湯呑みに注ぐ。それからおやじの上体をベッドの上に起こし、湯呑みを持たせた。

「ああ、いい香りだなあ。木村園の玉露か」

「そう、五〇グラムで一二〇〇円だった。高いもんだなあ」

父親はいかにも旨そうにふたくちほどすすったあと、

「おまえ、おれがいなくなったらなあ」と言った。

「おれがいなくなったら、おまえはあの家を処分して東京へ戻るもよし、あの家で暮らすならそれもよし。おまえの好きにしろ」

「まだそこまで、考えられないよ」

「それからなあ」と、父親は続けた。葬式は自分と妹夫婦で小さくやればいいが、全部終わったら下野新聞の訃報欄に、日頃のご厚情に感謝するとの一文を添えて掲載を頼んでくれと言った。

「それだけでいい。あとはどこへ報せることもない。お母ちゃんの実家は遠いし随分前に代替わりしているから、疎遠になっている。こっちの親戚も付き合いはあるにはあるが、こういう時節だからお悔やみは遠慮すると、それも訃報に書いてもらうといい」

「わかった。わかったから心配しなさんな」

父親の葬儀のことを、父親本人と打ち合わせるのは、まことに妙な気分だった。その後もほぼ毎日父親を見舞ったが、ほとんど寝てばかりいて、あまり話はできなかった。たまに薄目を開けて、

「おまえ、仕事はしてるのか」と訊く。

「ああ、やってるよ」と応じると、「そうか」といって、父親は夢の中に戻っていく。

拾弐

下野栃木への旅は往き帰りも含め、都合二十日間ばかりになった。耕書堂へ顔を出し、親方へ留守をした挨拶をするまえに、とにかく身仕舞いしようと連雀町の仕事場へ戻ってみると、耕書堂番頭の重蔵と弟子の秀丸とが何か深刻そうにひそひそと話し込んでいる。ふたりは歌麿の姿を見て、ほぼ同時に「あっ」と声を上げた。

「師匠、お帰りでしたか。重蔵さん、師匠が戻りました」

「そんなこたぁ、見りゃ分かるよ。おい、歌さん、こんなに長くどこへ行ってなすった。旅も結構だが、なにも黙って行くこたぁなかろうよ」

「いやあ、申し訳なかった。ほんの七日ばかりのつもりが引き留められて、つい長くなりました」

「例の栃木の」

「そう、佐兵衛兄さんのところへ」

「とにかく無事でなによりだった」

なんともふたりの様子がおかしい。どうかしたのかと訊ねたところ、

「師匠が留守のあいだ、蔦屋耕書堂が大変なことに。お咎めを受けたんですよ。風紀紊乱《びんらん》の書を発行した咎《とが》によってお取り調べの真っ最中で」

秀丸の言葉に、歌麿は一気に血の気が引いていく。

「それはいったい、どういうことで」

重蔵からことの次第を聞くと、山東京伝が筆を執った『錦之裏』ほか戯作三本が禁書となり、これを書かせて摺り上げ、店頭にて販売したとして蔦屋耕書堂に手が入ったというのだ。

「で、蔦重の親方は、京伝先生はいったいどういうことになるんです」

後に曲亭馬琴の名で事の詳細を書き記すことになる重蔵だが、

「ふたりとも奉行所へ持って行かれちまって、吟味の最中さね。いずれにしても、ただじゃすまねえだろうな。以前から何度も警告書が届いていたから、説教喰らってそのまま放免ってわけにはいくまいよ」

ため息まじりに言った。

「なにかわたしどもに出来ることが……。奉行所へ掛け合いに行くとか」

「いけねえ、いけねえ。歌さん、あんたは動いちゃいけねえよ。喜多川歌麿が巻き添えにでもなったら、耕書堂は潰れちまう」

秀丸も口を揃えた。

「師匠、おふたりのお裁きが決まるまで、じっとしていましょう」

「その通りだよ、歌さん。しばらくは絵筆を執っちゃいけないよ。二十日も黙って留守にするから心配したものの、江戸を離れていたのが返って幸いしたかもしれねえなあ――。とにかく、しばらくは目立たぬように、じっと息を潜めて待つんだ。おれもそうする」

動きがあったら報せると言い置いて、重蔵は帰っていった。

「師匠のところへは、奉行所からの警告書の類は届いていませんよね」

「いや、それはないが……」

この返事で秀丸はほっとひと息つくと、

「でもこの先は、どういうことになるんでしょう」

歌麿は口にこそ出さなかったが、恐らく春画、枕絵はむろんのこと、女姿絵さえ描けなくなるかもしれないと、暗澹《あんたん》たる思いにとらわれていた。

その夜は思わぬ騒動やら旅の疲れもあって、早々に横になった歌麿だが、不思議の夢をみる。

幼い頃、小芝紫苑に連れられ大奥で見たあの『華雪月花』をなんと歌麿自身が描いているのだ。

一心不乱に描く歌麿を、栃木の佐兵衛と留衣がにこにこと見守っている。

「小丸、おまえもとうとう本物になったなあ」

背中越しに佐兵衛からそう声を掛けられ、うれしくてうれしくて、涙が止まらない。朝遅くに目覚めると、歌麿は涙で首筋まで濡らしていた。

似たような夢を四晩も続けてみたころ、重蔵が顔を出した。蔦屋重三郎が放免になって耕書堂へ戻されたという報せだった。

「あの気性だ、よっぽど異議を申し立てたんだろうぜ。かなりの折檻《せっかん》を受けたようで、おかみさんが付きっきりの世話で、いまは床に伏せっていなさる」

「折檻だけで放免されたのなら、無罪ということに」

「そうじゃねえよ、歌さん。耕書堂は身代を半減、京伝先生にいたっては手鎖五〇日の刑だ」

「手鎖五〇日とは、そんな非道な。あんまりだ」

それでも月番が南町でまだ増しだったという。南の手鎖は鉄だが、北の手鎖は厚手の板に手首をはめられるから、まるで身動きがとれない。

「どっちも飯と便所以外は四六時中はめられっぱなしの五〇日だ。鉄は重いが、それこそ鎖で繋がれるから幾らか動きも取れるが、あの板となると、夜も眠れねえって話だ。まあ鉄にしろ板にしろ五〇日ってことになると手首はやられるだろうし、親方は自分のことより京伝先生のことを心配していなさる」

とにもかくにも、これから耕書堂へ見舞いへ行くという歌麿を重蔵が制した。

「身代半減はこれから始まるんだ。行っちゃならねえよ」

歌麿には意味が分からない。

「京伝先生にゃ南町が幸いしたが、耕書堂にとっちゃどうにも分が悪いや。去年、質屋の富田屋が金利誤魔化しがばれて身代半減になったろう。あのときも月番は南町だったんだ」

北町ならば役人が数日かけて屋財家財に至るまで身代をすべて調べ上げ、その半分にあたる額を金子《きんす》で召し上げる。

「ところが南町は身代を調べ上げるまでは同じでも、銭函の中身はむろん、それこそ土地も家屋も箪笥から火鉢まで、おかみさんが嫁入りに持参した物以外はすべて折半だ。文字通りの身代半減さ」

町鳶《まちとび》に命じて家屋敷、お店の半分を取り壊させるのだという。

「それどころか、禁書となった版木はもちろんのこと、双紙から錦絵まで在庫はまるまる没収される。歌さん、あんたの女姿絵も例外とはいくまいよ」

没収となった商品は破棄され二度と店頭へ並ぶことはないものの、そこは貴重な和紙のこと、消却処分されるわけではなく、茶箱の裏張りや、壊れやすい船荷の緩衝材などに払い下げられ、その代金は役人の懐に入る仕組みだという。

「なあに、蔦重の親方はこのまま引っ込むような柔《やわ》じゃねえ。とはいえ、落ち着くまでにはしばらくかかる。耕書堂へ顔を出しちゃならねえと、これが親方からの伝言だ。しばらく江戸を離れろってことだが、どうだね、また下野へでも身を寄せたら」

「で、京伝先生は……」

「さあ、それよ。五〇日して手鎖が解かれてみねえことには、どうなるか。あの人は反骨だが武家の出で、うちの親方とはまた別だからねえ」

この江戸でじりじりしていても仕方なし。歌麿は留守を秀丸に託し、前触れせずに栃木の新井田屋を頼った。

間なしの再訪に驚いたものの、佐兵衛も留衣も温かく歌麿を迎えてくれた。

「そうか、それは大変なことだったなあ。江戸の噂がこの栃木へ届くまで日にちがかかる。ちっとも知らなんだ」

「なんの気兼ねもいりません。どうぞひと月でもふた月でも、ここに滞在してくださいましな」

「そうすればいい。騒動も落ち着くだろうし、江戸の様子も分かってくるはず」

「まさかこんなに早く、またご厄介かけるとは思いもしませんでした。この騒動の先が見えましたら、弟子の秀丸が連絡をよこす手筈です」

「ああ、もう弟子がおるのだなあ」

佐兵衛は感慨深げだった。

「とにかく奥の離れは好きに使って欲しい。道具類もあのままにしてあるからな」

身内というものは、きっとこういうものなのだろうと、歌麿は両手を合わせた。

数日ほどした頃のこと。前回訪問のとき、どうしても歌麿の描く枕絵が欲しいと頼み込んできたのと同じ人物が、歌麿再訪を聞きつけ、また訪ねてきた。この男、綿屋藤兵衛《わたやとうべえ》と名乗った。

「前回もお断りしましたが、あれから更に状況は悪化しております。とてものこと春画、枕絵などは」

「江戸で何があったか、わたくしも聞き及んでおります。それでもぜひ、話だけでもお聞き願いたい。紙に描いて欲しいわけではないのです、先生」

男はそう言って、細長の木箱を歌麿の前に置いた。蓋を開けると、絵付け前の小鉢らしきものが五客二列、計十客が整然と並べられている。

「これはいわゆる〝向こう付け碗〟ですが、素焼きして釉薬を一度掛けしただけの未完成品です」

「これをわたしにどうしろと」

「わたくしも過日に先生から叱られ、また江戸での騒動を耳にし、諦めるしかあるまいと思ったのですが、好事とは仕方のないもの、諦めきれぬ思いから、考え抜いた策でございます。これは会津の本郷窯へ別注したもので、もし先生がこの栃木へ再訪されたなら、どうかご検討いただけまいかと」

有田から抜けてきたという腕の良いろくろ挽き職人を、しばらくかくまって会津へ逃がした経緯から、その筋をたどってこの策に行き着いたのだと男は話した。

「この器に先生の絵を、できれば春画を、いいえ、娘姿絵でも構わんのですが、描いていただくわけにはまいりますまいか」

「……」

陶工としてのろくろの腕は確かだと男は請け合い、あとの段取りを説明した。素焼きして釉薬を一度掛けして火入れしてあるから、藍で筆入れしても染み込むことはない。線画だけでいいから筆を入れてくれろと歌麿に念願した。もしそれが叶えば、これを会津へ送り返し、有田の陶工と一緒に逃亡してきた絵付け職人に色を入れさせ、もういちど焼成するという。

「じつは有田から逃げてきたのは夫婦ものでして。これを逃がすには北前船にもぐり込ませるしか方法がなく、北前の株をお持ちの先代新井田屋さんにお力添えを願ったしだいで」

「では絵付け職人というのは女の方で」

「はい、有田の絵付け職人はほぼ女だと聞きました。鍋島藩窯からの逃亡は陶工も絵付け師も死罪と決まっておりますが、有田の民窯はそこまで厳しく詮議《せんぎ》はしないのでしょう。ふたりを会津へ送ることができたのです」

「恩人である好事家《こうずか》の面倒な頼み事は断れないと、そういうことですね」

男は頭を掻きながら、歌麿の前に切り餅ふたつ、大枚五〇両という小判を並べて言った。

「この器が完成したところで、誰の目にも触れることは絶対にありません。わたくしが観て楽しむばかりのことで、完成した品を歌麿先生にお見せすることさえできかねます。それに、先生には線を入れていただくのみで、これが喜多川歌麿の筆と証明はできぬはずです。真相を知る者はただ一人、この綿屋藤兵衛のみにて、陶工にも絵付け師にも、一切の事情は話しておりません」

差し出された切り餅に目をやりながら、こんどは歌麿が頭を掻く番だった。

「この酔狂にお付き合いくださいませんか、先生」

それから十日ほどもかけ、歌麿はその器へ線画を入れていった。いつもなら金にはこだわらぬものの、こういろいろ切迫しているときにまとまった金子はありがたい。いくら気兼ねなくとは言い状、新井田屋にも幾ばくかの礼もしたい。それよりなにより、あの綿屋藤兵衛なる好事家の執念にも、その方策にも興味を惹かれた。

「どうせお遊びだ、根を詰めることもあるまいよ。それにしても、あの男、とうとう思いを通したなあ。紹介されたばかりで素性はよく知らんのだが、なんでも元は宇都宮辺りの呉服問屋らしい。いったん思い込んだら金に糸目をつけんという道楽者だと聞いた」

「見るからにそんな素性だろうと感じました。いま描いているものは、これはお留衣さまには見せられませぬゆえ、兄さん、どうぞご内聞に願います」

「ああ、そうしよう。それにしても絵師とは思った以上に大変なものだな」

そう言ったあと、

「これ以上邪魔はしないが、その仕事が一段落したところで、またゆっくりとおまえに問いたいことがある」

そう言い残して佐兵衛は離れを後にした。

そうこうするうちに、向こう付け碗十揃えの線描きを終えた歌麿は、このまま渡してどう完成するのかも気にかかるが、器への愛着も湧いてきていた。そこで頼まれたわけでもないが箱書きを入れることを思い付く。かといってまさかに歌麿とは書けぬから、考えて「下野《しもつけ》にて筆」とし、綿屋へ渡してやると飛び上がって喜んだ男はさらに十両の金を置いて何度も頭を下げ、戻っていった。

危ない抜け道仕事ではあった。けれど思うさまに工夫の効く仕事でもあった。この先、絵師として生きていくにはどうすればよいのか……。耕書堂は、京伝先生はどうなったのだろう。まだ歌麿の元へ、江戸からは何の報せも届いてはいない。


ああいうときは予感のようなものがするんだなと、後になってから思う。

その日もいつものごとく、午後から父親の見舞いに出かけた。もうなにを話しかけても反応しなくなった父親の唇を、例の煎茶で濡らしてやる。無理に喉へ流し込むと気管へ入る可能性があるから、それは止めてくださいと看護師さんに注意を受けた。目は半開きだから眠っているわけではなさそうだ。額に手をあてがったり腰をさすったり、足を揉んだりしながら、とにかく話しかけることにしていた。というか反応はなくても、父親にこっちの話を聞いてもらうのだ。

「資料本に目を通しているとさ、『雪月花』ほどの大作を栃木辺りで描けるはずはないって説が有力でね。つまり物理的に無理だってわけだ。紙はどうやって運んだ、絵の具はどう調達した、そもそもあれだけのものを広げる場所をどう確保したんだって。江戸で描く以外に考えられない。どれも栃木で都合できるはずがないというんだけど、そこでおれは考えたわけよ」

と、そのときだ。

「どう、考えた」

父親がしゃべった。弱々しくはあったが、はっきりとそう聞こえた。自分は普段の会話らしく平然として続けた。

「そりゃ江戸で描くほうが自然さ。江戸ならどうとでも都合はつくだろう。でもな、江戸じゃ描けない理由があったんだ。もっと言えばだね、江戸が無理だから栃木で描いたというような消極的な理由じゃなくて、あの『雪月花』という直筆大作はだな、栃木でしか描けなかったのさ。要するに歌麿は栃木で、この地で『雪月花』を描きたかったんだよ」

そこまで話して、父親の顔を覗き込むと、唇が微かに動いたように見えた。笑った。父親は笑ったのだ、と思う。でも、まだ大丈夫、父親が逝くにはまだ時間があると、自分はそう思ったわけではなかった。危ないと思った。近いなと思った。なぜそう思ったのか、理由は判然しない。が、たしかにそう思ったことだけは憶えている。

「じゃあ、おやじ、また明日来るからな」

自分はそう声を掛けて父親の部屋を出た。

自宅へ戻っても、どこか落ち着かなかった。夕方、玄関のチャイムが鳴った。ビクッとなった。出てみると弁当の配達だった。蓋を開けてみる。主菜は父親が好きだった鯖の味噌煮だ。人参にシイタケと油揚げの煮付け。それに青菜のおひたしが副菜で付いている。

「よし、少し早いが一杯いきますか」独り言である。

小さい豆腐を冷蔵庫から出し、チューブのわさびをしぼり、醤油をかけまわす。芋焼酎の「三岳」をロックでちびちびやるが、ちっとも酔わない。弁当を突っつきまわしてみるが、ちっとも旨くない。しかし旨くないのは弁当のせいじゃないことは承知している。弁当が悪いわけではないが、何を喰っても旨くない。三岳が悪いわけではないが、いくら飲んでも酔わない。ぐたぐだと独り言を言ううち、やっぱり酔ったらしい。テレビを点けっぱなしにして、居間で寝入ってしまった。

マナーモードを外しておいた携帯が鳴った。時計をみると夜中の三時を過ぎている。電話は施設からだった。「こんな夜中にすみません。息子さん、すぐにこちらへ来られますか」とうとうそのときが来たとすぐに悟った。

「行きます。すぐ、行きますから」

寝入ってから八時間以上経過しているものの、酒気帯び運転になるかもしれない。それだって構わない。妹へ電話を入れたあと、父親の軽のハンドルを握った。


施設の前では職員が待っていて、父親の部屋へと誘導してくれた。父親は虫の息だった。看護師が脈を取っていたが、医者はいなかった。苦しそうだった。もう顎が出ていた。

「お辛そうですから、なにか声を掛けてあげてください。聞こえているはずですから」

女性の看護師に促され、父親の額に手をあてた。

「おやじ、おれだ。ろくでなしの、長男だ。分かるかい」

父親の目がいくらか動いた気がしたが、それはろくでなしの長男の希望的観測だったかもしれない。

「おやじ、ありがとな」

そのまま手を握り続けて三〇分、父親は目を落とした。

「朝八時に医師が参りますので、死亡診断書を書いてもらいます。それまでご自宅で、少しでもお休みになってください」

施設から紹介された葬儀社の参照苑に電話して、遺体は自宅へ運んでもらうことにした。

もうアルコールは完全に抜けているはずなのに、躰がふらついて真っ直ぐ歩けない。

「運転、大丈夫ですか」

職員に声を掛けられ「大丈夫です」と応えたものの、内心、帰り着けるかどうか、はらはらし通しだった。

拾参

夕餉の前、佐兵衛が離れの歌麿へ声を掛けた。

「少し邪魔していいかな」

問い質《ただ》したいと言っていた話だろうと歌麿は察した。

「わしもこうしてこの栃木で商売させてもらっている限りはな、どうしたって江戸の顔色を伺うことになる。老中職となった松平様のご改革はな、当分続くとみなければなるまいよ。お上の財政は今、かなり逼迫《ひっぱく》している。こういうときは、贅沢品の取り引きから庶民の生活に至るまで、厳しい制限が長く続くと思ったほうがいい。その取り締まりへの不満を抑えるためなら、幕府は主に江戸の衆の楽しみ事に禁令を出して、屈服させようとするのが、いわば常套《じょうとう》手段だ。戯作や狂歌、洒落本に滑稽本、春画、枕絵ばかりか娘絵も詮議《せんぎ》される。こういう状況はお上の金蔵に、ある程度の余裕ができるまで続くものだ」

商売人となった佐兵衛の話には説得力があった。

「お上の目はいずれ喜多川歌麿という絵師にも向けられるにちがいない。これからどうしたいと思っているのか、腹蔵《ふくぞう》ないところを聞かせてもらいたい。わしが力になれることはないだろうか」

歌麿は夢でみた『雪月花』のことを、佐兵衛兄さんに話したい。聞いてもらいたいという誘惑にかられる。喉元まで出かかるが、この経緯を語るには大奥での一夜のことは欠かせない。それはとても剣呑《けんのん》なことだと、歌麿を逡巡させた。

「わしは商売人だから、金勘定のことはいつでも考える。儲けないとならない。だがおまえは、金のために絵師を目指したとは思わない。今も金のためだけに絵を描いているとは思えない。ちがうか」

問われた歌麿は、

「兄さん、わたしだってお金は大事です。それは身に浸みていますよ。でもね、やっぱり金のためだけじゃ絵筆は執れやしないんです。わたしの描く絵はわたし自身でなくちゃならないんですよ」

「質《ただ》したいのはそのことだ。小丸、おまえの描きたいものが描けなくなっても、おまえは絵師を続ける覚悟があるのかい。それがあるなら、その志を助《す》けさせてもらいたい。それというのも、もう左目がほとんど駄目でなあ」

「ええっ、ほとんど駄目とは……」

「辛うじて物の輪郭が分かるくらいで、こうやっておまえの顔を判じるには、右目が頼りだ。それもいつどうなるか」

これを聞かされた歌麿は、自分には絵師を続ける覚悟もあれば、ぜひにも描きたい題材があると、佐兵衛に告げた。それが何なのか訊ねることなく、

「そうか。だったら力になれるうちに頼って欲しい。留衣ともそう話した。歌麿が本当に描きたいものを、この眼が見えるうちに、どうしても見せて欲しい。それがこの佐兵衛と歌麿の約束だ」

それは佐吉と小丸から、二度目の約束になる。

この日を境に、歌麿は同じ夢をくり返しみるようになっていく。誰にも一生話してはならぬと堅く禁じられたあの『雪月花』が、この歳になったいま、まざまざと細部までよみがえり現れる。歌麿の絵師としての狂気が覚醒していく。

しばらくして「耕書堂へ戻られたし」の一文が江戸から届けられる。

「これで戻ります。戻りますが、次に寄せていただいたときに、この歌麿は絵師として何が描きたいかをお話しします」

「待っているぞ。くれぐれも油断のないようにな」

佐兵衛と留衣に見送られ、歌麿は江戸へと急いだ。

＊
＊＊

「どうだい、このざまぁ。半減ったら、本当に半分にしていきやがった」

耕書堂は売り場から奥向きまで、すべて半分になっていた。蔦屋重三郎は豪快に笑ってみせたが、ずいぶんと頬がこけたように見える。

「ここまで、やりますか……」

お上の徹底ぶりに、歌麿は言葉を失う。となると、気にかかるのは山東京伝のことだ。

「まあ、奥へ行こう。といっても以前よりだいぶ狭くなっちまったがな」

建物は仮の壁を立ててあるから雨風は凌《しの》げるが、

「取られた土地をお上から買い戻して、店を造り直さなくちゃ、これじゃ商売にゃならねえ。結局身代を潰されたようなもんだ」

ふんっという強気顔で蔦重は続けた。

「京伝さんは、もう書けねえと言って寄こした。手鎖の跡がひどく傷むらしいから、重蔵に薬代を届けさせたが、こんな思いをするのは二度とご免だと、まあ、そうだろうなあ。京伝さんもおれも、躰がなかなか元に戻らねえ。彫り師、摺り師の工房からも江戸所払いが何人か出た。版元連中も、これからはお上の顔色しだいだと公然と吹聴する奴もいて、要は蔦屋耕書堂はもうお仕舞いだと言いたいのだろうが、そうはさせねえ」

横で重蔵が歯ぎしりをする。おかみさんはぴたりと居間の障子を閉めたまま、顔を出すことはなかった。

「おれも厄落としに下野に明るいおまえの案内で日光東照宮参りでもしようかと思ってるくれえさ」

「親方、しばらくはこのままじっとしていたほうが」

「ああ、おれは表だっては動かねえ。動けねえというのが本音だ。だが稼業は続ける。そのためには商品がいる。戯作や黄表紙なんかの読み本は、当分は駄目だろう。戯作者がびくついて毒のねえお伽草子みたいなものを並べたところで、買って読もうなんて客はこの江戸にはいねえよ。そこでだ、これからは絵だよ、歌麿先生」

思わぬ言葉が蔦重から飛び出した。

「とはいうものの、師匠が得意の大首絵、娘姿絵だの遊女の錦絵だのはだめだ。雲母《きら》摺りなんぞした日にゃ、身代すべて没収、師匠は手鎖五十日で済むかどうか。ましてや春画、枕絵の類は御法度。描けば入牢のうえ島送りだあな」

「親方、このわたしにいったいなにを描けと」

「そりゃあ女だよ、女。決まってるじゃねえか」

蔦重の意図が分からぬまま、歌麿は番頭の重蔵と目を合わせた。

「女さ。だってそうじゃねえか。歌麿師匠に花鳥風月を描かせたって売れるとは思えねえ。

だからといって男を描かせても面白くねえ。娘はだめ、女郎はだめ、艶っぽい新造も後家もだめ。じゃあいったいどんな女ならいいと思うよ」

「さあ……お婆さんとか」

それを聞いた蔦重が吹き出した。重蔵は首をひねるばかり。

「さすがに婆さんはいただけない。いいかい、歌麿師匠、普通の女を描くんだ。井戸端で洗濯する女、夕餉の支度をする女、髪結いの女、子どもに乳を飲ませる女、普通の女たちの普通の生活を歌麿が描けば、必ず売れる。そういう女たちの絵姿に、お上も手出しはできねえ」

歌麿は唸った。このお人の考えることは、いつも予想を超えてくる。

「吉原でも深川でも品川でもいいわさ。遊女ってものは夜は張り店へ出るが、それまでは普通の女たちだ。部屋の掃除もすれば、洗濯だってする。昼はおまんまを食い、湯屋へ行き、戻って化粧台に向かう。そして店へ出る。どこにでも生活ってものがある。閨《ねや》での艶姿ばかりが遊女じゃねえと、そう思わねえか、師匠」

歌麿は蔦重の話を聞きながら、興奮していた。ぼんやりとではあるが、自分の描こうと思い詰める『雪月花』の姿が見えて来た気がしたからだ。そして取り憑かれたように絵筆を執った。女たちの日常を切り取って描いた絵は評判となる。とりわけ遊郭の女たちの生活を時間軸に追った連作『青楼《せいろう》二十四時《とき》（刻）』は浮世絵の傑作として高い評価を受け、喜多川歌麿の名を不動のものにした。歌麿のこの働きのおかげで、蔦屋耕書堂は身代を回復したといっていい。これで蔦重への恩義の幾ばくかは返せたと歌麿は思った。

＊
＊＊

「おまえさんが江戸へ戻って、もう一年になるか。正直のところ留衣と心配していたぞ」

「そうですとも。あのまま音沙汰もなく、ひょっとしたら江戸でお咎めを受けたのではと」

無我夢中の一年だったが、それは無沙汰の言い訳にはならない。

「申し訳ありません。どうお詫びしてよいやら」

平身低頭する歌麿に、

「嘘ですよ。歌麿先生の評判はこの栃木へも届いておりました」

「なあ、やっぱり留衣は手強いだろう。喜多川歌麿の評判もそうだが、さすがは蔦屋耕書堂、転んでもただでは起きぬと、この噂を聞いてわしらも安心したというわけだ」

今回は番頭の重蔵に栃木行きのことは話してある。しばらくこの新井田屋へ厄介になり、佐兵衛とじっくり話をしなければと思い、歌麿は江戸を後にしたのだった。

「まあまあ、おふたりでゆっくりと、わたくしの悪口でもどうぞ」

そう言い残して留衣が出ていったあと、

「兄さん、目のほうはいかがでしょうか。それが気がかりで、気がかりで」

「まだ見える、大事ない。わしの目のことで、おまえの筆がおろそかになるようなことがあっては、話が逆《さか》しまになる。おまえが気に病むことではない」

「そうは言っても……」

「おまえができることは、真に描きたいと思う絵を描いて、それをわしに見せてくれること だ。この目がいけなくなる前にな」

「そのことですが」

歌麿は意を決し、佐兵衛に話し始めた。

「あの近江での別れ際、兄さんがわたしを絵師にしてやって欲しいと八幡屋のご先代へ頼んでくれたおかげで、京の小芝紫苑先生に寄宿することができ、不出来とはいえ、まだ幼いわたしを弟子として扱ってくれたのです。いまのわたしがあるのはご先代のおかげ、お元気でしょうか」

「体調を崩してからは兄に八幡屋を任せて、いまは母とふたり、隠居の身だ。寝たり起きたりの毎日だが心配には及ばないと、母からの文が届いたばかりだ。それより小芝先生なら親父殿に連れられて、京のご自宅へ何度か遊ばせてもらいに行ったことがある。たしか山科だったかな。そうか、小芝先生、お元気かい」

「はい、ときどき文をもらっては叱られます」

「ほう、どう叱られる」

「おまえさまの枕絵はこの京でも評判ですが、あのような愚劣なものを描かせるために、おまえをあそこへ連れて行ったのではありませんよ、と」

佐兵衛は小首を傾げて、

「はて、その〝あそこ〟とは、どこへ連れて行ってもらったんだね」

「さる所で狩野派の集まりがありまして、わたしのような子どもの出席は認めていないのですが、紫苑先生の計らいで、同行することができたのです。そこで一門が描いた『華雪月花』という四枚からなる大作の襖絵を直に観たのです。このことは他人に話すと、それこそ目が潰れると釘を刺され、これまでただの一度もだれにも話したことはありません。というより、まだ十になるやならずの頃のこと、わたし自身、すっかり忘れていたのです」

その日の歌麿は饒舌《じょうぜつ》だった。

「狩野派の『華雪月花』はいまに思えば、春夏秋冬に花鳥風月を描いて息を呑む美しさだったのですが、なにかその絵に違和感を持った記憶がありまして、それも以来は封印してきたのですが、ここ最近、忘れていたその絵が何度も夢に出てくるのです」

「ほう、違和感とはどんな」

歌麿は自身に確認するように、すこし考えたあと、こう説明した。

「わたしが感じた違和感とは、人の姿が描かれていなかったゆえだと思います。年端もいかぬ子どものこと、贅《ぜい》を尽くした大作に圧倒されたものの、人が描かれていないことを不思議だと捉えた気がします」

「人の気配のせぬ雅《みやび》の世界か、なるほど。で、夢とは」

「はい。それこそおこがましいことなのですが、いまのわたしが『華雪月花』を描いている夢なのですよ、兄さん」

「おおっ、それは面白い」

佐兵衛は面白い、面白いを何度もくり返し、

「それはあれか、その狩野派の『華雪月花』におまえが人を描き込む夢か」

「それがちがうのです。自分なりの『華雪月花』を自分なりに描いている夢で、近ごろでは構図まで見えているのだから不思議なものです」

「耕書堂のご主人には、その夢の話をしたのかい」

「あっ、いいえ、親方は狩野派の大作などにはまったく興味のない人で、摺れない直筆画をわたしが描くことにも、以前から反対しておられますので」

「よし、ならばその夢、わしが買った」

と、佐兵衛が大声で叫んだ。

「えっ」

「喜多川歌麿の『華雪月花』を、この新井田屋佐兵衛が買ったと言ったんだ」

「いいえ、これはあくまで夢の話で」

と言いながら、歌麿は体中の血が沸き立つほどの感覚にとらわれていた。

「それほどの大作となれば、何から何まで江戸でものするのがいちばんだろうが、江戸では描けんのだろう」

「それは、とてものことに」

「だったら、この栃木で描くしかあるまいよ。夢の中での構図とは、どんなものだ。栃木で描くからにはいろいろと算段を練らねばなるまいし、詳しく聞かせておくれ」

春は桜、夏の花火、秋は十五夜、冬は雪。これが自分が描こうと思う『華雪月花』だと歌麿は応える。

「すると人間はどう描く。歌麿らしさはどう表すのだ」

「遊女です。女たちです。女を描く。それがこの喜多川歌麿の『華雪月花』です」

張《みなぎ》っている。いつも控え目だったこの男が、これほどはっきりと自負を口にしたのは希有《けう》のことだった。

「よし、となれば桜は吉原か。たった十日ばかりのために、毎年、満開の桜木を移植すると聞いたが、儚《はかな》く咲いた桜と遊女……か」

「はい、仲之町から郭へと続く両側に桜、その向こうに大見世と遊女たち」

「これは壮大な。相当な大きさになるな。で、次は」

「月は海に浮かべましょう。となれば品川しかありません。冬は深川です。舞い降りる雪を愛でる芸者衆。月も雪も、儚さと静けさと賑わいとをひとつに込めて描きます」

「目に見えるようだ。見たいものだ……何年もかかるだろうが、見てみたい。それで『華』はどうなる。夏の花火とくれば大川の川開きか」

ここで歌麿の言葉が詰まる。

「夏の『華』についてでは、まだ構図がまとまっておりませんで。花火といえば確かに大川の川開き、屋形船に遊ぶ女たち……となりましょうが、どうもありきたりの気もしまして」

「うむ。わしが思い付くようでは、ありきたりの図かもしれんなあ」

じつのところ歌麿には『華』と題して、どうしても描いてみたい図があった。それはここ栃木に流れる巴波川《うずまがわ》での精霊流しである。これればかりは『雪月花』のような大作ではなく、一枚物の小品でいい。巴波川に精霊を流す女として留衣の姿を描いてみたいとずっと思い詰めていた。長崎で描いたあの娘と見分けがつかぬほど似ている留衣の姿に、鎮魂《ちんこん》を込めて、『巴波川精霊流し図』を『華』としたい。それが歌麿の思いであり、この図で絵筆を執ったなら誰にも負けぬ自信がある。しかし、それをいまここで佐兵衛に打ち明けるには、やはりはばかりがある。後ろめたさもあった。

「まあ、それはゆっくりと考えればよいとして、まずは三つ月ほど時間が欲しい。おまえは江戸へ戻る前に、描くに必要な場所の広さと紙の質と大きさ、絵筆の種、色の種など、細かく書き出しておくがいい。こちらでできる限り手配りするでな。江戸からは巴波川を水運で取り寄せればいいが、それで揃わねば近江の兄にも頼り、上方から取り寄せることもできる」

「それでは莫大なご負担になりましょう」

「そこはこの兄さん任せよ。ここ栃木には金持ちの粋人が幾人もおる。下野栃木で喜多川歌麿が狩野派の向こうを張った『雪月花』を描くとなれば、人も金も集まろうというものだ」

喜多川歌麿として、これが蔦屋耕書堂を通さずに請け負った初めての大仕事となる。

「用意が調ったら報せるゆえ、おまえは江戸へ立ち戻り、構図の下準備にかかるべし。いいな」

佐兵衛は歌麿を急がせた。すべてが完成するまで、その視力を保てるとは到底思えない。が、自分が霧のなかに入り込むまえに、たとえひとつでも歌麿の大作を見てみたい。何のためにこの下野へ養子として入り、何のために懸命に働き、何のために商売を大きくしてきたのか。佐兵衛はいま、自分がどこまで出来るのかを試しているのだ。それは歌麿がいちばんよく分かっている。なぜなら、自分という絵師がどこまでのものなのか、それを試したいと念じているのは、歌麿もまったく同じだったからだ。


父はしばらくぶりで自分の家へ戻ってきた。遺体は北枕に居間へ寝かせた。焼き場の都合で通夜は二日間になった。死化粧を施した父親の表情は安らかだった。近隣の人たちや市役所で同僚だった人も数人、枕花《まくらばな》や線香を持ってお別れに来てくれた。お見舞いや香典を持参

する人もいたが、妹と話し合って辞退した。

「お寺へはもう連絡したの」

「ああ、西芳寺のほうからかかってきたよ。おやじが前から和尚に頼んでいたらしい」

西芳寺の和尚と父親とは中学の同級生で親しい仲だった。だから母親が亡くなったときに檀家寺を離れ、西芳寺に母親を埋葬した。和尚が電話口で言った。

「おれがあっちへ旅立ったら、葬儀一切をおまえに任せると電話があった。おれもそのつもりだと答えたら、うちの息子は金がないから手加減してくれというから、承知しといたぞ。戒名はまるっきりないのも困るがごく簡単なやつでいい。本葬は家族だけでやるように伜に言ってあるとな。あいつらしい電話で、それが最後になった」

「そうですか……。納棺と焼き場、もちろん本葬もお願いしたいのですが、どのくらい用意しておけばいいでしょうか」

「戒名代に初七日法要、四十九日法要と納骨まで入れて二〇万用意しとけよ。超特別料金だ。だれにも言うなよ。参照苑に訊かれてもな」

考えていた額の半分に満たない。ここは甘えることにした。

「おやじさんがな、葬儀が終わったら息子は東京へ戻ると思うから、納骨まで自分の遺骨を預かってくれと言っとった。帰るのか、東京へ」

「いや、まだそこまでは……」

「帰るなら預かるが、四十九日までは自宅へ置いてやりたいよなあ」

医者と弁護士と坊主の知り合いは作っておけと、父親からよく言われたものだが、まったくだ。

「それからなあ、おまえさんが歌麿の小説を書くらしいので、何か伝承を知っていたら教えてやってくれと頼まれたが、小説は書いているのか」

「ええ、まあ」

「忘れるといかんから、いま話しておくがな、例の『雪月花』のうちのどれかは、定願寺《じょうがんじ》で描かれたものらしい。なんでも古文書が残っているのだと、あそこの先代から聞いたことがある。まあ、もっとも、ここ栃木市には歌麿と『雪月花』の伝説はいくらも残っていて『雪月花』は発見された三枚だけではなく、もう一枚あったという話もあってな。どれも真偽のほどは分からん。知っているのはそれくらいのことだ」

自前のホールを持った参照苑のような葬儀社が台頭し始めたのは二十年ほど前からで、それまで葬儀は檀家寺でやっていた。定願寺にも会葬に行かされたことがあるが、あそこの大広間なら詰めれば二百人は入る。歌麿が『雪月花』のどれかをあの大広間で描いたとしても不思議はない。自分もあれだけの大作を描くなら、どこかの寺だろうと考えていた。なるほど、定願寺かあ。和尚はもうひとつ気になることを言った。歌麿の『雪月花』は四枚あると。

「いろいろと、ありがとうございます。では明日の納棺よろしくお願いします」

「ああ、金は明日でなくてもいいからな。用意できたときで構わんから。いいか、人に喋るなよ」

そう言って電話は切れた。

「お父ちゃんと西芳寺の和尚さん、親友だったものねえ」

妹が父親の頬を撫でながら、話しかけていた。

翌日の夕方に和尚の読経のなか、父親を棺に納めた。

翌朝はこれも焼き場の都合で先にお骨にしてから、参照苑の小さな斎場へと着いた。父親に言われた通り、妹夫婦と自分だけで葬儀を済ませた。元妻と子どもたちには電話で知らせたが、葬儀に来る必要はないと言っておいた。通夜にきてくれた父親の友人も何人か香典持参で悔やみに来てくれたが、お返しの用意もないし、故人の意志だからと香典などは辞退した。

すべて終えたところで下野新聞の訃報欄に、生前のご交誼《こうぎ》に深謝する旨の一文を載せた。それを見た親戚や友人だという人から、通夜や葬儀の日程などをなぜ知らせてくれなかったのかとお叱りをうけたが、すべて故人の遺志で押し通した。

一段落したところで、妹夫婦と三人での直会《なおらい》を居酒屋でやった。

「これから相続の手続きやら何やらで大変だよ。わたしは出た身だから、相続のことは口を出さんよ」

それでいいよねと、妹が亭主に念を押し、もともと寡黙な亭主は何度も肯いた。

「で、お兄ちゃん、これからどうするつもりね。もうさ、東京は引き払ってあの家に住みなさいよ。それがいちばんだって。お父ちゃんもお母ちゃんも喜ぶよ。親孝行だよ」

すると妹の寡黙な亭主が、

「そうしてもらえると、うちとしても安心できます」

と言った。三人とも酔いがまわっていた。

久し振りに耕書堂へ顔を出すと、蔦重が店先で若い男を怒鳴りつけている。

「いいか、何べん言わせりゃ分かるんだ。おまえが歌麿の真似事をしても駄目なんだ。おまえさん、絵師として何が描きてえんだい。それとも歌麿になりてえばかりなのか。以前にも言ったがな、歌麿はふたり要らねえんだよ。おまえはおまえの〝らしさ〟ってものを見つけて描け。それができねえなら、絵師なんぞやめちまえ」

自分の描きたいものが見つかるまで、何度来ても同じことだと、蔦重はその男を追い返した。

その様子を伺っていた歌麿の耳元で、番頭の重蔵がささやく。

「あの男は絵師の、たしか……春朗とかいったな。親方は歌さんのいることを知っていて、怒鳴りつけていなさるのさ」

これが後に葛飾北斎《かつしかほくさい》を名乗って名声を恣《ほしいまま》にする男との初めての出合いだった。

「親方が人前であれだけ怒鳴りつけるってことは、絵師として見込みがあるということでしょう」

「ああ、そうかもしれないとおれも思うよ。歌さん、おれもそろそろ本気で戯作と向き合おうと思うんだ」

「ここの番頭を辞めるのかい。親方はおまえさんがいなくなると困るだろうねえ」

「なあに、番頭の替わりなんぞ幾らもいるさね。だがね、京伝先生の一件以来、戯作は下火もいいとこだ。番頭の重蔵の替わりならいるが、こいつの替わりはいねえと蔦重親方に言わせるほどの戯作者になりたいものさ」

「それはそうだ、馬琴さん。曲亭馬琴かあ、本当にいい名前だ」

歌麿がそう言うと、重蔵は照れたように笑ったあと、

「名前といえば、じつは親方がいつになくご執心の若い絵師がもうひとりいてね。歌さんとはまったく筆筋のちがう妙な絵を描くんだが、その男の役者絵にすっかり惚れ込んでいなさるようだ。なんでも能役者あがりだそうだが、自分のことはほとんど明かさないところは、歌さんと同じだな。名は何とかって……」

これを聞き、その役者絵をぜひ見てみたいと歌麿は思った。

「おう、師匠、来てたのかい。しばらくだな」

まるで歌麿に気づかなかったように蔦重は言うと、

「近ごろは下野栃木へ入り浸りだそうじゃねえか」

親方は恐らく秀丸からでも聞いているのだろう、歌麿の行動をなんとなく不審に思っている節がある。

「いえ、行ったり来たりはしていますが、入り浸っているわけではありません……」

「なにか面白い趣向でもあるのかい、栃木に」

面白い〝趣向〟とは……いつもながら肝を突いてくる人だと歌麿が返答に窮していると、

「おれもおまえに付いて、本当に東照宮へお参りに行こうか。案内してくれるかい」

これは面妖《めんよう》な。この人はどこまで本気か分からぬから、うっかりした返答もできぬと歌麿は口をつぐんだものだ。

「冗談だよ。それよりちょうどいいや。師匠に見てもらいたい絵がある」

蔦重が真剣な面持ちで数枚の役者絵を広げて見せ、どう思うかと歌麿に問うた。なるほど、と歌麿は思う。さっきの男に怒鳴りながら説教していた〝らしさ〟というものが、その絵にはあった。その役者の特徴を際立たせた描き様で、歪んで見えるところは極端と思えるほどに歪ませる。単に美しく描こうとはしていない。この絵師には、人がこんなふうに見えるのか……。こんなふうに見ることのできる目を持っている絵師ならば、蔦屋重三郎が惚れ込むのも無理からぬことだと、喉元まで出かかったところで、

「人を描こうとするなら美しいところも醜いところも、どちらも描かないと気が済まない、そういう筆遣いですねえ」

「おまえさんの筆とは、また違った面白さがあると、おれは見てるんだがね」

「たしかに、見る者を惹きつける力がこの絵にはあると、わたしも思います」

「売れると思うかい」

「ええ、きっと評判になりますよ」

世辞でもなんでもなく、歌麿は思ったままを口にした。

「なんという名の絵師ですか」

「写楽だ、東洲斎写楽《とうしゅうさいしゃらく》」

そのとき歌麿は悟った。いよいよ自分の『雪月花』に専念すべきときが来たことを。


大奥で江戸狩野の『華雪月花』を目にしたあのとき、こんな大きな絵をどうやったら描けるのかと、それが率直な疑問だった。修復を終え解放されて宿へ戻ってきた小芝紫苑に、そのことを訊ねた記憶がある。

「なぜ訊く。おまえもいつかああした大作を描こうと思うてか」

「……」

「まあ、よい。まずは下絵や。下絵がきっちり描かれておらんと、大紙へ写してもちぐはぐになってしまう。それでもな、これも大師匠からの受け売りや。私も実際にあれほどの大作は経験がないしな。もしもおまえにそんな機会がめぐってきたなら、そのときはしっかりと自分の頭で考えよし」

疲れ切っていた紫苑から、そう言われたことを思い出す。自分で考えるべしという、紫苑の言葉が頭から離れず、このふた月、歌麿はどの絵から手を付けたらよいか、思案に思案を重ねた。

まずは吉原の桜をと思えども、初手の構図としては難しすぎる。品川の妓楼、相模土蔵はどうか。土蔵づくりの二階正面を開け放てば、品川の海に浮かぶ帆船や月を一望する。その座敷で客たちの到来を待つ遊女に芸妓たち。幕が上がった舞台を思わせる構図は描きやすい。

初手は『品川の月』と定め、その構図と画角が決まるまで幾度となく描き直すなかで、歌麿はあることに気付かされる。自身の『雪月花』と狩野派のそれとの大きな違いは〝人〟を描き込むことにある。それも五人や六人ではない。歌麿が描きたいのは月でも桜でも雪でもない。構図の中心はあくまで芸妓であり遊女たち〝人〟でなければならない。歌麿は人を描くこと、そこで生きる女たちを描くことによって品川を、吉原を、そして深川を表そうとしていた。けれどもその志が歌麿を悩ませる。

「どう描いたものか……」

いろいろに試した結果、下絵には縦一尺五寸、横幅が約二尺余りの紙を使うのがしっくりと来る。まずは楼閣の構造と、月を遠目にする風景を丁寧に描いた同じものを二枚。一枚はそのままに、もう一枚には配置を考え抜き、遊女一人ひとりを描き込んでいく。この二枚を元絵、つまりは設計図として栃木へ持参し、本寸法の竹紙《ちくし》へと写し取っていくのがもっとも調和を生む手順だろうとの結論に至る。

必要のものはほぼ揃えたので、一度見聞に来られたしとの文が佐兵衛から届けられたのを機に、歌麿は弟子の秀丸、そして飛び込み弟子の富丸を伴って江戸を出立した。この富丸は後に二代目喜多川歌麿を継ぐことになる弟子である。何度も行き来した道、もう迷うことなく栃木の新井田屋へと着くと、いつものように留衣が出迎えてくれる。

「まあまあ、お弟子さんがお二人も。遠いところをご苦労さまです」

「こちらがおかみさんの留衣さまだ」

その姿を見た秀丸は、おもわず小声で、

「ははあ、なるほど」とつぶやいたものだ。

そこへやってきた佐兵衛と、ふたりの弟子との紹介もそこそこに、歌麿は奥座敷へと向かった。

「ここに一揃いしてあるが、さて先生のご希望に叶うかどうか、まずは見聞して欲しい」

佐兵衛はふたりの弟子の手前、歌麿を先生と呼んで数種の筆から彩色絵の具までを広げて見せた。

「こちらも必要なものは持参してきておりますので、まずはこれにて」

「足らんものは取り寄せればいいのだから、遠慮なく言ってくれ。それで問題はだ、紙と場所だ」

それは歌麿がもっとも懸念していたことでもあった。

「ここを改装しようと思ったのだがな、棟梁が半年以上はかかるという」

「兄さん、そんなまでせずともなんとかなります。わたしのわがままから出た話ですから」

「そうはいかん。わしが買い上げた夢の話だ。それでな、以前に案内した料亭の柳園《りゅうえん》を憶えておるか。あそこの二階座敷は五十二畳あって、百三十人ほどの宴会が出来る広さで、天井も高い。あの柳園の二階座敷を三百日借り切った」

「それはまた、何とも豪儀《ごうぎ》な」

と、秀丸が声を上げた。

「三百日で足りぬようなら、五百日でも六百日でも借りればいい」

「恐れ入ります。さっそくこれより下見に参りましょう」

歌麿の言葉を遮るように、

「それともうひとつ、言っておかねばならぬことがある。紙のことだ。縦六尺、横壱丈の竹紙を、それも越前のものを用意して欲しいとのことだったがな、越前ではそれほどの大紙を漉かれぬとのこと。それでな、近江の兄を頼って、清国《しんこく》から取り寄せるのに丸三月《みつき》かかったが、これで諒としてくれぬか」

「重ね重ねご無理を申し上げ、お手数をおかけしましたなあ、兄さん」

「それがな、いかな清国でもそんな大紙があるものかと思っていたが、あちらには山川草木の大作を描く絵師が何人もおって、竹紙は豊富にあるそうな」

舟運の関係で横幅は五尺を二枚にしたとのことだった。これまでに様々の紙を使ってきた歌麿は、この栃木が麻を扱って財を成した金満家が多いことで有名だったため、当初は麻紙《まし》の手配を考えていたのだが、これだけの大作となると、薄くて墨の乗りが良くなくては基本の線が引けぬ。越前紙がだめならどうしようか気懸かりだったのだが、まさかに清から取り寄せてくれたとは、佐兵衛の気の入れように我が身の引き締まる思いだった。

料亭柳園の二階座敷を見聞したあと、そのまま夕餉となったとき、

「これだけ贅を尽くした支度となれば、相当な入り用になるでしょうな」

秀丸が小声で言う。答えて歌麿は、

「ありがたいことだ。実の兄でもこうはいくまい。だからわたしは一所懸命に描くよりない。出来上がったならば、それは佐兵衛兄さんのものだ。描かせてもらえばそれで充分。画料は一文も戴くつもりはない。わたしは夢を買ってもらったのだからな」

秀丸も、その脇でこれを聞いていた富丸も、納得したようにため息を吐いた。

「佐兵衛兄さん、留衣さま、至れり尽くせりのお心遣い、真に痛み入ります。この上と思われましょうが、甘えついでにもう一つお頼みがございます。この栃木で最上の表具師《ひょうぐし》と腕の良

い畳職人のお手配をお願いしとうございます」

「よし、分かった。二、三日待ってもらうことになるが、必ず手配しよう」

「表具師はなんとなく分かりますが、畳職人に何をさせるのですか」

留衣が邪気のない問いかけをする。それを佐兵衛が遮《さえぎ》って、

「まあ、これから歌麿先生のすることを、じっくり見させてもらおうではないか」

「そうでした。種明かしは無粋《ぶすい》ですね」

佐兵衛と留衣は笑い合っていたが、秀丸も富丸も師匠の意図を図りかねている。とはいえ、絵師喜多川歌麿の矜恃《きょうじ》と狂気を感じていた。


二日ほどして、年輩の表具師が弟子四名を連れてやってきた。歌麿はまず五尺二枚の竹紙を一枚仕立てに繋ぎ合わせるよう指示した。それから紙の強度を上げるために、布地を使って裏打ちしてくれるように言った。

「裏打ちは正確でなくとも、およそで構いません。ほぼ縦六尺、横壱丈の見当で頼みます」

念のため裏地の継ぎ目と四隅に漆で目塗りするかと経師屋に訊かれたが、そこまでする必要はないと断り、ここまでの作業を見守るうち、二日が過ぎた。

この作業を無事に終えたところで、畳職の頭領《とうりょう》とその弟子たちが入れ替わりに来て、歌麿の指示を仰ぐ。その内容はこうだ。

「縦を繋ぐ二角、横を繋いでいる二角、それぞれを真っ直ぐになるよう調整して欲しいのです」

要は、紙を正方形になるよう調整しろということかと頭領が訊き返す。

「いや、そうではありません。紙はどんな名人上手が漉《す》いても、いささかのずれが生じるもの。ですから縦横の幅はこのままに、畳表をはめていく要領で四角が真っ直ぐになるよう調整して欲しいのです」

歌麿の意図が分からず不得要領《ふとくようりょう》だった畳職人たちは、それこそお手のものとばかり、角尺《かくじゃく》を使い、四角を直角に結んだ。そこへ土蔵相模の建物だけを描いた下絵を取り出すと紙の角に置き、これを対角線上に延ばすよう言う。弟子たちはまたも要領を得ずに顔を見合わせていたが、さすがは頭領、

「おい、糸を張れ。つまりこの先生はな、その絵とこの紙を同率に延ばしたいと言っておられるんだ。そういうことですよね」

歌麿は頭領に何度も頷いてみせた。これで秀丸も富丸も師匠の意図を理解した。

「ここが正確にその絵と同率の点ですが、標しを付けましょうか。それとも」

「切り落としてください」

頭領にはすっかり歌麿の意図が読めている。弟子に指示して、余白を切り落とした。これを見た佐兵衛が、

「少し余白は残しておいたほうがよかったのではないか」

とつぶやくと、

「いいえ、絵が仕上がったならば、あの表具師の親方がきちっとしてくれます。どちらの親方も江戸に何人もおらぬくらいの腕前と見ました。余白は必要ありません」

「ほら、あなたは商売上手ですが、絵は歌麿先生に敵いませんよ。口を挟んではいけません」

留衣に言われ、うなだれる仕草で戯《おど》けてみせる佐兵衛だった。


翌日から歌麿は本格的に『品川の月』の製作にとりかかる。まずは相模土蔵の二階座敷を元絵のとおりに描いていく。画角が元絵と同率になっているので、秀丸、富丸に目印を打たせていく。とくに富丸は元職が大工見習いだったこともあって算術に長けていて、柱や手すり、畳などの位置に手際よく印しをつけていく。この印しは三人にだけ分かるような点になっていて、後で塗り潰せば跡形は消えてなくなる。設計図とも呼ぶべき座敷の元絵を寸分の狂いなく描き切ったところで、秀丸を江戸へといったん返したのにはわけがあった。

この仕事、完成までに恐らく三百日余はかかると踏んだ歌麿は、江戸の様子も知っておかねばならなかった。秀丸には蓮雀町へ戻って、訪ねてくる客人などの応対をしてもらわねばならないし、歌麿自身が戻らねばならぬ事態あるときは、すぐに知らせを寄こすよう申しつけた。

夕刻になると佐兵衛と留衣はほぼ毎日、柳園へ顔を出し、歌麿と夕餉を共にした。何人かの客人を連れてくることもしばしばで、ときに宴会のようになることもあった。それは資金集めのためでもあり、また料亭柳園の顔を立てるためでもあった。それが分かっている歌麿は、客人方ともなるべくお付き合いするようにはしていたが、中座することもしばしばで、そんな折りは座持ちのよい留衣の存在が大きな助けになった。

遊女など人物を描いた元絵は歌麿にとって目見当にすぎなかった。いかに同率とはいえ、紙の大きさが変われば人の位置も自然と変化する。中心の遊女を取り巻くように描いた女たちに違和感を持ったなら、そこは融通無碍《ゆうずうむげ》に立ち位置を変化させていく。絵筆を持った歌麿に声を掛けられるのは富丸のみ。さすがの佐兵衛も留衣も、遠目にするばかりだった。

歌麿はこの『品川の月』にひとつの仕掛けを施す。それは下絵の段階から考えていたわけではなく、描いていくうちの思い付きだった。十九人の女衆を描くなか、一人の女の着物に九枚笹の紋を入れ、この絵の中に忍ばせた。その紋は無論のこと新井田屋のそれである。そしてその女とは佐兵衛の妻お留衣であり、また長崎で腑分けした遊女にも見立てたものだった。

また、描いていくうちの止むに止まれぬ衝動のようなもので、男の子にもかかわらず赤いべべを着て戯《たわむ》れる小児も描き込んだ。これもまた、下絵では考えもしなかったことで、それは仕掛けとも思い付きともちがう、歌麿の業《ごう》のようなものだったかもしれない。この作者歌麿の足跡《あしあと》ともいうべき紋と幼子《おさなご》はその後の作『吉原の花』『深川の雪』にも描き込まれることになるのだが、佐兵衛もお留衣も気がつかなかったことだろう。この紋の仕掛けに気づいていたのは番頭の与平のみだったが、与平がそれを口にすることはなかった。

こうして見込みどおり三百余日かけて『品川の月』は完成をみた。この間、歌麿は江戸と栃木を船で二往復したのみだった。先の表具師の手でみごとに表装《ひょうそう》された絵を料亭柳園の壁に掛け、近隣の分限者《ぶげんじゃ》を集めて五日間披露目をしたのち、最初の大作『品川の月』は柳園から丁重に運び出され、新井田屋の蔵へと納まった。

「どうしても譲って欲しいというお方が三人もおられてな。まだまだ、三幅揃ったところで考えましょうと誤魔化しておいたわ」

満足そうに笑ったものの、佐兵衛の左目はほとんどいけなくなっていた。頼る右目にも霞がかかりはじめている。歌麿は急がねばならない。

居酒屋を出て、佐野市へと帰る妹夫婦と別れ、だれも待つ者のいない実家へ向かってぶらぶら歩き出したのだが、なんだかこのまま帰る気になれない。暗闇の向こうに薄ぼんやりと浮かぶ太平山《おおひらさん》を酔眼朦朧《すいがんもうろう》、どこをどう歩いたものか迷い迷い横道にそれたところで、スナックらしい看板を見つけ、入った。

「あらっ、いらっしゃい。めずらしいわねえ」

カウンターの中にはママさんらしき年輩の女性がひとり、所在なさげにいるばかりで、ほかに客はいない。

「めずらしいもなにも、こっちは一見《いちげん》だよ」

「そっちは知らなくても、あたしはあなたのこと知ってるわよ。ウタさんの息子さんよね」

ウタさんとは、うちの父親のことにちがいなかろうが、一滴も酒をやらなかった父親が、どうしてこんな店を知っていたのだろうか。

「どういうこと。ママさんはうちのおやじのこと、知ってるの。同級生かなにかだったの」

「失礼ねえ。あたしはそんな歳じゃないわよ。ウタさんねえ、あっごめんなさい、うちじゃウタさんで通っていたから」

「歌麿のウタさんだろ。いろんなところでそう呼ばれていたらしいね、おやじは」

「そう、ウタマロさん……。下野新聞の訃報欄を見てびっくりしちゃって。あらためてお悔やみ申し上げます」

お線香の一本でもあげたかったのにと、言われてしまう。

「葬儀は家族だけでと、それがおやじの遺言だったから」

言い訳をするしかなかった。それにしてもいろいろと疑問がある。それを察したように、

「あの人ねえ、三日にいっぺんぐらい来てくれてたのよ、ここに。いつも夕方の六時頃ね。ほら、お酒飲まないでしょ。だから夕飯を食べにね。あり合わせのものだけどさ。知らなかったでしょ」

まったく知らなかった。そんな話、聞いたこともなかったし、ママの〝あの人〟という呼び方も気になる。

「もうかなり前かな、ピタッと来なくなっちゃったから、電話したことがあったのよ、ど

うしたのかと思って。そしたらね、いま息子が帰ってきていて、どうやらしばらく居座るつもりらしいって」

「えっ、そいつはひでえなあ。好きで居座ったわけじゃなし」

「人伝《ひとづて》に入院したって聞いて、ああ、父親を心配して来たんだろうなって。お見舞いに行きたかったけど、ほら、コロナで全然だめでしょ、身内でもないし」

「身内だってだめだったんだから、仕方ないよ。でもさ、だったらどうしておれの顔をママさんが知ってるわけよ」

買い物に出たとき、何度か父親と自分が散歩しているところとすれ違ったという。

「その度にあなたを指差して舌を出してみせるもんだから、おかしくってねえ。気が付かなかったでしょ」

そういうことか。これが居座っている長男だと、戯けてみせたらしいのだが、まったく気付かなかった。

「あのね……、よかったら最後どんなふうだったか、聞かせてもらえないかしらね」

断る理由もない。

「もう話もできないくらいに弱っていて、手を握ったり足をさすってやっても、ほとんど反応しなくてさ。でもおれはおやじに話し続けたのさ。歌麿が栃木で『雪月花』なんか描けたはずがない。描いたのは江戸だって説が一般的だけど、そこでおれは考えたんだよって言ったら、なんとおやじが『どう考えた』って言ったんだ。それがおれとおやじの最後の会話になった」

「そう……、それねえ〝仲直《なかなお》り〟っていうのよ。神さまがくれた最後の時間なんだよねえ」

しばらく沈黙が続いた。

「なるほどなあ〝仲直り〟か。いい言葉だね」

「まだ注文訊いてなかったわね。ビールでいい、瓶しかないけど」

「さっきまで妹夫婦と一杯やってたから、もうビールはいいや。ウィスキーをロックで一杯もらおうかな」

ママさんは上の棚からマッカラン12年の箱を取ると、瓶の封を切った。

「そんな高いやつじゃなくていいよ」

「いいじゃないの、飲めば。飲めなかったお父さんからの奢《おご》りよ」

それからママは自分のグラスにもそれを注ぎ、ふたりで父親に献杯したあと、

「あの自慢の蕎麦猪口で飲めば、きっともっと美味しかっただろうにね。見せてもらった？」

「ええっ、あれは誰にも見せたことがないって言ってたぜ、おやじが……」

それには取り合わずに、

「居座っている息子が、歌麿の小説を書くらしいって言ってたなぁ、あの人。どう、書いてるの」

「おうよ、書くよ、書いてるさ」

そのあとどうやって家まで帰ったか記憶がない。

『品川の月』を描き上げた歌麿がしばらくぶりで江戸へ戻ってみると、自身を取り巻く雰囲気がなんとなくおかしい。秀丸に問うと、戯作だけでなく錦絵についてもお上の取り締まりがきびしくなっていて、遊女や町娘も一切摺ること罷《まか》り成らず、描いた遊女たちの名を明かすことも処罰の対象となるという。

「栃木でよかったですよ。『品川』を江戸で描いていたら、わたしたちも手が後ろに回っていたところです」

そう言って秀丸は顔をしかめた。そこへ、

「歌さんが戻って来てるってのは、本当かい」

と、元耕書堂の番頭だった重蔵が飛び込んできた。

「やっぱり本当だった。久し振りだねえ、歌さん」

「重蔵さん、いや、いまは曲亭馬琴さんか。お元気でしたか」

「耕書堂を辞めて、いまは莨屋《たばこや》の養子さね。小商いだがどうにか繋いでる。だけど戯作はなかなかむずかしいや。お上の詮議にかかるような艶物は書いても摺れねえしなあ。歌さんに挿絵を描いてもらえるようなものは、なかなか書けやしねえ。まあ、焦らずにいくさ」

それはそうと、と馬琴が言いかけたとき、歌麿は厭な予感がした。

「蔦重の親方が、例の一件以来どうも調子が戻らねえらしい」

例の一件とは、入牢のうえ取り調べと身代半減のことを指す。

「だって身代はすっかり元通りになったじゃありませんか。親方だって元気そうに見えましたが」

「耕書堂はな。元通りどころか商売はさらに大きくなったさ。あの東洲斎写楽って絵師の役者絵が大化けしたんだ。大当たりして凄い評判さ。さすがは蔦屋だって、親方の評判も鰻登りさね。だが問題は、その親方の躰のほうさ。ご牢内で労咳《ろうがい》でも染されたんじゃねえのかなぁ」

「そんなにひどいんですか」

「ああ、よくない。あれから二年近く経つというのに、まだ寝たり起きたりだって聞いたぜ」

「そうだったんですか。一度顔を出してみましょう」

「ああ、それがいい。親方が自慢話を聞かせる相手は、歌さんがいちばんだ。ところで、ずっと栃木だったって話だが、何をしていなすったね。骨休めにしちゃあ長すぎるぜ。この秀丸に訊いても口を割らねえんだ。女かい」

歌麿は笑いながら頭《かぶり》を振ったことだった。

「おう、師匠、ずいぶんなことだったなあ。また下野の栃木だってことは聞いたが、何をしていたかなんぞ、もう野暮は訊かねえよ」

たしかに蔦屋重三郎は頬もこけて、痩せたように見える。

「いつか写楽の役者絵を見てもらったろ、師匠の言った通り評判をとってな」

「親方の目利きがいいからですよ」

「目利きといえば、おまえさんの真似事ばかりをしていた北斎って絵師がな、やっと自分の筋を見つけやがった。こいつも先行きが楽しみだ」

過日、蔦重に怒鳴り散らされていたあの男のことだと、歌麿はすぐに察しがついた。

「いいことずくめじゃありませんか、親方」

「それがな、そうでもねえのさ。どうもおれの調子が良くねえんだ。ときどき熱が出たりして、もう酒も控えるようなことさね」

出会って以来、こんな弱気の蔦屋重三郎を歌麿は見たことがなかった。

「どうだい、描いているかい」

「ええ、これからですよ。もう耕書堂には売れっ子絵師が何人もいるから、いっそ大坂の版元から来ている話を受けようと思ってるんですよ」

「ほう、そいつはどんな話だい」

栃木にかかりきりになっている間、大坂の版元唐木《からき》から依頼があったと秀丸が知らせてきていた。

「唐木なら一流だ。で」

女姿絵をまた描いて欲しいとのこと。江戸の遊女絵は大坂でも人気がある。吉原でも品川でも良し、深川柳橋芸者も欲しいとのこと。ただし以前のように吉原のどこそこの見世の誰それだと、はっきり素性を明かした絵が欲しいというのだった。

「師匠、そりゃいけねえ。やめておけ。この江戸ばかりじゃねえ。ちっとは緩《ゆる》くても京、大坂にだってお上からの触れは出ている。法度《はっと》を破るとどうなるか、おまえがいちばん分かっているはずじゃねえか。唐木も無茶な頼み事をしてきたもんだぜ」

それは歌麿も充分承知のうえでのことだった。

「親方、わたしにも工夫があります。判じ絵で仕掛けをするんですよ。お上の言うがままになるなってことは、親方から叩き込まれた心情ですからね」

「そうだったな。おれも大分参ってきてるようだ。だがその判じ絵ってのは、いったいどういう仕掛けにするつもりだい」

どこの誰を描いたものか、その素性が分かればいい。ただし文字を入れれば法度に触れる。そこで女絵を描いた脇に葦《よし》の原に立つ松の木と井戸、そこへ犬の尾と鷹を描く。

「これで〝吉原松井のおたか〟といった具合です」

「はあ、おもしれえ。師匠、筆も志も大きくなったもんだ。どうやら栃木でひと皮もふた皮も剥《む》けなすったね。初手《しょて》に会った頃のおまえさんを思い出すぜ」

妙に弱気ばかり言う蔦重のことが気にかかる。ちょくちょく顔を見せたいところだが、歌麿にも時間が迫っている。

「だがな師匠、くれぐれも気をつけねえといけねえよ」

しばらくは江戸で仕事をしなければならない。少しでも稼いでおかなくては、栃木の佐兵衛兄さんばかりに散在はさせられぬ。

「親方こそ、くれぐれも無理をされませんように。また顔を出します」

それから半年ばかりかけて判じ絵を幾枚も描く傍ら、『吉原の花』の下絵にも取りかかる。狂歌本など少々危ない仕事も受けたのは、なにも金のためばかりではない。写楽にしろ北斎にしろ、蔦重の惚れた絵師と競い合う、それが喜多川歌麿の生き様になっていく。

心急《こころぜ》きではあったが、江戸へ戻って七ヶ月がしたとき、栃木の佐兵衛から文が届く。奥座敷を歌麿の仕事場に改装した由。もう料亭柳園で気を遣わずとも存分に描けるとのこと。また『吉原の花』は下絵の縦横の関係で、依頼された竹紙は八枚切りを江戸経由で運び入れたという。表具屋も畳屋も手配が付いたし、準備は整っているとの、いわば催促の手紙だった。そして最後に、おまえさまに嬉しい知らせもあるが、それは後日の折の楽しみに、とあった。

そこから十日余りで下絵も仕上がり、耕書堂へ顔を出した。

「そうかい、また栃木かい。今度も長くなりそうかい」

「ええ、今回も長くなるだろうと思います」

「よっぽど大事な仕事があるんだな。いっそあっちへ仕事場を移したらどうでえ。そうだ、何かあったら文を送るから、逗留先《とうりゅうさき》を教えてくれ」

歌麿は栃木の新井田屋佐兵衛方喜多川歌麿で文は届くと説明したところ、

「なあ、ひとつ頼みがあるんだが、重蔵に番頭を辞められて困ってるんだ。今度の仕事が終わったら、秀丸をうちの番頭として返しちゃもらえまいか」

今回の栃木行きに秀丸は欠かせないが、これの目途がついたところで、折をみて話してみましょうと、歌麿は答えた。やはり重蔵の抜けた穴は大きかったようだ。番頭という仕事は多少気が利くくらいでは勤まらない。一手も二手も先を読んで立ち回れる人間となると、なるほど、秀丸は適材だった。

こうして挨拶回りを終えた歌麿一行は再度栃木を目指す。

佐兵衛の目はもう、ひとりでは屋敷内を歩けないほど視力は落ちていて、お留衣に手を引かれるのが常態になっていたのだか、それでもまだ、完全に視力を失っているわけではない。

「さあさあ、ここが増築した仕事場だ。どうだな」

「これだけの広さがあれば、申し分はございません」

「師匠、いっそこっちへ仕事場を移しましょうや。本音をいえば所詮は下野栃木と田舎扱いをしていましたが、息苦しい江戸よりこっちのほうがよっぽど風通しがいいや」

秀丸らしい物言いに、富丸も同調した。それに歌麿が小声で返す。

「わかってますよ。江戸へ戻れってんでしょ」

「江戸は江戸でも、耕書堂へ戻るんだ。蔦重の親方がおまえを重蔵さんの後釜にしたいそうだ」

「えっ、どういうことで」

「何かあったら知らせてくれるという、おまえの役目は変わらない。いいな」

低い声だったが、嫌も応も言わせない圧があった。それだけ囁《ささや》くと場を変えるように、

「佐兵衛兄さん、文にあった嬉しい知らせとは、何のことでしょう」

「うん、それがなあ……」

と言ったきり、照れたように留衣と顔を見合わせた。訝《いぶか》しそうにその様子を伺っていた歌麿が、

「ああっ、そうか。そういうことなんですね」

さっきとは別人のように弾んだ声を出して、ふたりの肩に手をかけた。

「もう諦めていたのだが、そうなんだ、留衣に子を授かってな」

「うれしい、うれしい。これほどうれしいことがありましょうか。兄さま、留衣さま、おめでとうございます」

歌麿は溢れ出すような喜びを感じていた。あの長崎の遊女にも、心中なんぞしなければ、いつかこんな瞬間が訪れただろうにと思うと、留衣の妊娠を聞いた歌麿の感慨はひとしおだった。

「小山へ引っ込んだ義父も義母も、店の者たちも喜んでくれてな」

「近江へはお知らせなすったのですか」

「ああ、両親も諦めていたらしく、飛び上がって喜んだと兄の仙太郎が文を寄こした」

「今回は祝いを込めて『吉原の花』を描かせてもらいましょう」

歌麿は荷解きを終える間もなく、『品川の月』と同じ手順でとりかかった。

八枚の竹紙を裏打ちして一枚物に仕上げたあと、対角線上に延ばした下絵に沿って、まずは仲之町通りから揚屋町へと続く桜花と、それに面した引き手茶屋の二階から路地を行き交う人々を見下ろす芸妓衆の座敷を描き始める。今作は画角取りの関係で縦横の幅にそれほどの差異がない。そのなかに遊女や鳴り物芸者、禿《かむろ》など五十人ほどを描き込んで、春の吉原の賑わいを表さねばならない。これが仕上がるころには、お留衣さまの腹も大きくなり、子が生まれているやもしれぬと歌麿は思ったものだ。

夕食を終えたころ、めずらしく留衣がひとり、離れの作業場に姿を見せた。それを見た秀丸、富丸は作業の手を止めて、一服点けに部屋を出る。

「お留衣さま、どうぞされましたか」

「お手を止めさせて申し訳ございません。じつは先生にお願いがあって参ったのでございます」

「はて、わたしに出来ることならば、なんなりと申してくださりませ」

留衣はお腹をさすりながら、

「男の子か女の子かはわかりませんが、この子の名付け親をお願いしたいのでございます。佐兵衛がこう申しておりました。わしが言っても素直に返事はしないだろうが、おまえが頼めばきっと引き受けてくれるだろうと」

そう言って留衣がまるで少女のように、はにかんでみせた。

「さて、それほどの重大ごとをわたしのような素性のものがお引き受けしてよいやら……。義父さまも近江の大旦那さまもご健在のこと、まずはそちらへお話なさるのが筋かと」

「いいえ、もうどちらにも諒解を得てのことなのですよ。ぜひ歌麿先生に名を付けてもらうがいいと。断られては私が困るのです。私が言い出したことなのですから」

『吉原の花』を制作しながら、生まれてくる子の名前も考えねばならなくなった歌麿は、このお留衣さまの頼み、逃げられまいと覚悟した。

「いまのあの人、佐兵衛の望みは生まれてくる子の顔をしかと見たい。そしてあなたさまとの約束『雪月花』の完成を見届けたいと、そればかりなのです。そのために不自由となった眼で、商売に励んでいるのですよ。ですからあなたはお金のことなど斟酌《しんしゃく》する必要はありません。歌麿先生の仕事は絵を完成させること、私の仕事は立派な赤さんを生むこと。そうでしょ」

留衣には敵わないと、つくづく歌麿は感心させられる。その一方で、佐兵衛の視力のことが頭から離れない。一刻を争うような気持ちで、歌麿は『吉原の花』に没頭していく。


半年もした頃だったろうか。耕書堂へ番頭として戻った秀丸から一通の文が届く。それによれば蔦屋重三郎の具合が一向に好転せず、ついに寝付いてしまった由。それでうわごとのように歌麿に会いたいと言っているので、なんとか江戸へ戻ってもらえまいかとのこと。こちらの事情もよくよく心得ている秀丸が、これだけ言って寄こすのだからよっぽどだろうと考えた歌麿は富丸を栃木へ残したまま、いったん江戸へと戻る決心をつけた。

「往復に滞在を加えても二十日ばかりで戻って来られると思うから、湿気で紙が歪まぬよう気配りしておくれ」

「それは心得ておりますが、師匠お一人で大丈夫ですか」

「巴波川から舟で行こうと思う。心配は無用のことだ」

佐兵衛と留衣に事情を話し、歌麿は江戸へ向かった。

その江戸に着いたばかりの歌麿は、とにもかくにも耕書堂を訪ねると、いつも無愛想で有名なおかみさんが秀丸より先に出迎えてくれたことに驚くと共に、なにか尋常でないものを感じざるを得なかった。

「おお、師匠、来てくれたかい。わざわざ呼びつけるようなことで悪かったなあ」

威勢のいいような物言いだが、声は弱々しい。蔦重は明らかに衰弱していた。起き上がろうとするのを制して、

「親方、どうしなすった」

「どうもこうも、おれはもういけねえ。このざまだ」

「そんな……弱気を言っちゃいけませんよ」

「二、三日前に京伝先生が見舞ってくれたが、あれは正直の男だ。あの顔色を見りゃあ自分が長くねえことは察しがつく」

そう言って蔦重は力なく笑ってみせた。

「なあ師匠、おまえさんを呼んだのは、なにもおれの死に目に立ち会ってもらいたいからじゃねえ」

「またそんな戯れ言を。そういう口が叩けるうちは、大丈夫ですよ」

「おまえに返しておかなくちゃならない絵があってな。どうしても手ずから渡したかったのさ」

そう言うと蔦重は秀丸にあれを持ってこいと指示した。それを見た歌麿は血の気が引いていくような思いだった。

「この竹筒に入っているのは、おまえさんの直筆、あのときの女絵だ。憶えているだろう」

忘れるはずがない。その筒に納まっているのは長崎からの帰り、船の中で描いたあの心中死した遊女の顔にちがいなかった。

「身代半減になったときも、これだけは持っていかれねえように隠したものさ。あれから一度も広げたことはないが、この女絵は間違いなく喜多川歌麿の出発点になった絵だ。どうだい、いまここで開いてみちゃ」

「……いや、これはこのまま持ち帰らせていただきます。いまはまだ、もう一度見る勇気がありません。といって、じつはずっと気になっていた絵です」

「だろうともさ。こっちもずっと気に掛かっていたんだが、返すきっかけがなかった。いまなら、おまえさんに返してやることができる。これで一つ、胸のつかえが降ろせたよ」

一つということは、まだ何かあるのですかと問うと、

「ある。写楽が行き方知れずでな。また描かせようというわけじゃなく、もう一度じっくりと顔を見ておきたかったのさ。おれがこの期に及んで会っておきたかったのはまずは歌麿、それに写楽と北斎の三人さ。北斎は旅へ出たまま当分は戻るまいよ。おまえを前にして口はばったい物言いになるが、この三人を世に出したのは、この蔦屋重三郎だという自負があるのさ。

分かってくれるかい、師匠」

師匠と呼ばれた歌麿は、何度も何度も肯いた。

「とにかく良かった。しばらくはこっちにいるんだろ」

こう念を押されて、栃木へとって返すつもりだとは答えづらい。しばらくは江戸にいるつもりだから、もし写楽が見つかり、北斎が江戸へ戻ったら、一度顔合わせをしたいものだと歌麿は言った。本気である。

「おうよ、それはおれも楽しみだ。そんな日の来ることを念願しているぜ。そうなると、まだまだくたばるわけにはいかねえなあ」

そうですともと言い置いて、渡された竹筒をしっかと抱え、耕書堂を辞した歌麿を、秀丸が追ってきた。連雀町へお戻りですかと訊くからそのつもりだと答えると、
さっきの話は本当ですかと、また訊いてくる。

「しばらくこの江戸へ残るという話ですよ」

あの様子を見るにつけ、もうしばらくは親方のそばにいたほうがいいような気がしていると答えると、

「だったら若い者を二人ばかりと、飯炊き婆を手配しますので、使ってやってください。掃除のほうはもう済ませてありますから」

「気の利くことだな。ありがたいよ」

「それから太田南畝《おおたなんぽ》先生が狂歌本に師匠の挿絵を頼みたいといって来られまして。どうお答えすればよいやら」

太田南畝には狂歌の手ほどきから何までいろいろと厄介を掛けた経緯があり、断る訳にいくまい。

「それとまた、大坂から依頼がありまして」

「いや、もう判じ絵は描かない。申し訳ないが断って欲しい」

「それがちがうんですよ。いま大坂で爆発的な評判の『絵本太閤記』をご存じでしょう。この江戸でも評判になっていますが、先方はあれの挿絵が欲しいというんです」

どうせしばらく居るのだから、少し落ち着いたところで相談しようと答え、歌丸は引き上げて行った。


あの竹筒を大事大事に抱えて、やっと連雀の仕事場へ荷を解いた歌麿だったが、あの絵を今すぐに見てみたい気持ちと、まだ見るべきときではなく、その勇気もないという気持ちがせめぎあっていた。いまこの竹筒を開ければ、描きかけの『吉原の花』にきっと影響がでる。というより、これまでの自身の仕事を全否定してしまうほどの心持ちになるかもしれない。歌麿はついにその竹筒を開けることはなかった。

太田南畝の狂歌本の挿絵を描きつつ、ときどきは耕書堂へ蔦重を見舞った。あるときはちょうど見舞いに来ていた重蔵、曲亭馬琴とばったり会った。蔦重は寝床へ伏せったままで馬琴に説教していた。

「蒖屋の養子とは呑気なもんだ。おめえ、戯作と本気で向き合うんじゃなかったのかい」

馬琴は神妙の顔付きで頷くだけ、反論はできなかった。

「なにもお上に逆らえと言ってるんじゃねえぞ。どんな物語にだって世相は盛り込めるはずじゃねえか。おい、ここで何年番頭やった。なにを見てきたんだ、おまえは」

そこで歌麿に気付いた蔦重が、

「なあ、師匠からも何か言ってやってくれ。こいつの顔を見てると、歯がゆくてしようがねえ」

歌麿はにやにやしながら、

「その辺にしておかないと、躰に障りますよ、親方」

そう言って説教を切り上げさせると、久し振りに馬琴を誘った。

「歌さん、あんたはいつもいいところへ現れてくれる。助かったよ」

「聞いていて、あの北斎という絵師が説教されていたときのことを思い出しましたよ。馬琴さんもやっぱり見込まれていなさるんですよ、親方に」

「それはこっちも重々承知さね。それでも期待に応えられねえってのは、どうにも辛いねえ、歌さん」

「馬琴さんならきっと書けます。京伝先生の作を自分なりに写してみるなんてのはどうです」

馬琴ははっとしたような顔になり、

「そうか、その手があったか。あんたにはいつも助けられる。おれはいったいあそこで何を見聞きしてきたんだ。親方の言う通りだよ、歌さん」

「あの人はいつだって相手の肝を突いてくる。伏せっていても蔦重は蔦重さね」

ちげえねえなあと、ふたりして頷き合ったものだ。

「ところで写楽という絵師は顔を見せないのですか」

「ああ、あれほど売れていたというのになあ。どんな事情があるのか知らねえが、もう死んでるんじゃねえかって噂も流れてる。北斎は北斎でどうも郷の信州小布施《おぶせ》へ腰を落ち着けちまったと、これも噂だ。歌さんも例の下野栃木へ戻るんだろう」

「ええ、そうしたいのは山々ですが、いったんこっちへ戻って来ると、いろいろと義理が重なりましてねえ」

結句、歌麿は大坂からの依頼を受けることになるのだが……

富丸に二十日で戻ると言った歌麿が例の竹筒を背負って栃木へ戻れたのは、なんとほぼ半年後だった。

「師匠、遅くなるならなるで、文の一本も寄こしてもらわねえと。こっちは居候の身ですよ。三度三度食べさせてもらうだけで何もできずに、肩身が狭いったらないですよ」

「済まん、済まなかったな。それで、佐兵衛兄さんとお留衣さまはどうなんだ」

そんな話をしているところへふたりしてやってきた。佐兵衛の手を引いている留衣の腹はもう、いつ生まれてもおかしくないくらいに大きくなっていた。

「お帰りなさいませ。もう間に合わないかと思いましたよ」

「えっ、それじゃ兄さんの眼は……」

「そうじゃありませんよ。このお腹」

留衣は自分の腹をぽんぽんと叩いてみせた。

「ふふっ、まだ眼は大丈夫。ぼんやりとだが見えている。それにしても遅かったなあ」

ふたりに江戸でのことをざっくりと話したあと、休む間もなく歌麿は『吉原の花』の制作を再開し、筆に没頭する日々が続く。

そこから十日ばかりした頃、江戸の秀丸から耕書堂の蔦屋重三郎が身罷《みまか》ったという報せが届いた。歌麿はそれを聞いて、葬儀に出るつもりはないと返事をしたためた。墓にはいつでも詣でることができる。今また『吉原の花』を中断して葬儀へ顔を出したところで、親方からなぜ自分の夢を放り出しておれの葬式なんぞに顔を出すのかと、説教されるに決まっている。歌麿は東へ向かって手を合わせたのみで、筆を動かし続けた。

ひと月経たぬうち、留衣が女の子を産んだ。取り上げ婆が、

「生まれるまでにこれほど長いことかかったのは、これまでに一度もありゃしない」

そうこぼすほどの難産だった。留衣の呻《うめ》き声はひと晩中、仕事部屋へも聞こえていた。

「小丸、小丸、ほら、こっちへ来て見てやってくれ。女子《おなご》じゃ、女子じゃ」

久し振りに佐兵衛から〝こまる〟と呼ばれた。よほど嬉しかったにちがいない。赤子は目をつむったまま、ふにゃふにゃと泣いている。

「あなた、手の指は五本ありますか」

留衣が佐兵衛に訊いた。

「ある、ある。小さいが手の指はちゃんと五本あるぞ。なっ、小丸。おまえその確かな目で、しっかりと数えてくれろ」

「留衣さま、大変でしたね。五体満足の女の子ですよ。器量もいい。紙と筆を持参しました。赤さんを写してよいですか」

留衣は歌麿を見て、はいと言った。それを聞いて歌麿は赤子をさっと写し、留衣の枕元へ置いた。

「名付け親のこと、お忘れにならないでくださいな」

「そう、そのことですが、女の子なら〝おりよ〟と決めておりました。いかがでしょう」

留衣と佐兵衛は顔を見合わせながら、赤子に、

「名が決まったぞ。おまえはおりよじゃ」

おりよ、おりよと愛しそうに何度も呼びかけた。

母親を休ませなければならないから、男たちは部屋から出てと取り上げ婆に追い出されたあと、佐兵衛と歌麿は昔の佐吉と小丸に戻って、明け方まで祝い酒を酌み交わした。

「おりよ……か。さすがだな。良き名だ。由来を聞いてもよいかな」

「何人も美しい娘御を描いてきましたが、とりわけて気立ても器量も一等の娘の名をもらいました。さぞや美しい娘御に育ちましょう」

「そうか、当代随一の絵師の太鼓判だ。おい、誰に似たものやら、のう」

「それこそ言わでもがな、お留衣さまでしょうなあ」

軽口を言い合う祝い酒はその晩のみにて、翌日から歌麿は心おきなく仕事場へ籠もった。

小山に引っ込んだ義父母が見舞いに来る。親戚やら近隣から祝いの品が届けられる。母屋は騒がしくなったが、歌麿は仕事場から出てこなかった。白紙に〝おりよ〟としたためて、富丸に母屋へ届けさせた。

「大旦那様もご親戚の皆さまも良い名前だと、大変に喜んでおられます」

手代から番頭に昇格した与平が報告に来た。留衣が床上げするまで、佐兵衛の手を引くのはこの与平の仕事になった。

「お忙しいことは承知しておりますが、お手透きのときに母屋へもぜひお越しくださいとのことでございます」

おりよと名付けた赤子の顔を見たくなる気持ちを堪《こら》えて、五〇余人の女衆を描き込んでいく。

あとは目立たぬように黒紋付きの女に九枚笹紋を描き込めば完成するというその日、留衣が血の道から出血したとの知らせが飛び込んできた。詳しく容体を訊くと、意識はあるものの息が荒く、熱も高いという。医者の見立てでは産道が塞がっていないようだとのこと。長崎とは言わぬまでも、せめて江戸なら手立ても見つかるだろうに――歌麿は躰の震えが止まらない。

気がついたら父親が使っていたベッドの上だった。もう夕方近い時間になっていた。どうやって帰ってきたか思い出せない。不安で一杯だった。あの店のママは、父親とどういう間柄だったのだろうか。

「おれ、勘定は払ったのかな……」

財布の中身を確認したが、もともと幾ら持っていたのかを憶えていない。それでも領収書も入っていないところをみると、どうも金を支払ったとは思えない。確かめたいと思うが、店の名前も知らないし場所の見当もつかないから、もういっぺん訪ねる自信もない。

「週に何回か夕飯を食べに来ていたって、ほんとかなあ、あのおやじが」

妹に電話してみた。

「昨日はご馳走さまでした。散財させたねえ」

「そんなことよりさ、おやじがときどき夕飯を食いに通っていた店って、おまえ見当がつくか。ちょっと小粋な年増がやってるスナックさ」

「まさかあ、あのお父ちゃんがぁ。だいいちお酒飲めなかったじゃないのよ」

「そうさ、だから六時頃に来て夕飯を食べると、帰って行ったらしいんだ」

「ぜんぜん見当もつかんわね。でもさ、寂しかったんじゃないのかねえ。それがどうしたん」

「いや、ちょっと気になったまでよ」

「年増って、中学か高校の同級生じゃないのかね」

「いやそこまでの歳じゃないと言ってた。それになあ、長男が居座ってウタマロの小説を書くらしいって話してたと言うのさ」

「そこまで話しているなら、きっと親しい仲だね、その女の人とは。お兄ちゃん、いつ会ったの、その人と」

「最近さ——まあいいや。なにかあればまた連絡するよ。しばらくはこっちにいるつもりだから」

小説らしきものを書き上げるまでどのくらい時間がかかるものか、いつまで辛抱できるものか、それは分からない。けれど、当分東京へは戻らないと腹を決めた。

電話を切った後、久し振りにパソコンを開き、腕組みをしながら呻吟《しんぎん》したあと、一行目にウタマロ小説のタイトルをこう打った。『青楼にて　歌麿雪月花異聞』と——。

結

出産からわずか三日後、赤子を残して留衣は息を引き取った。佐兵衛の嘆《なげ》きようは尋常のものでなかった。周りの誰も言葉さえかけられずにいる。歌麿の無常観はさらにそれを上回るものだった。佐兵衛はひたすら嗚咽《おえつ》するばかりで留衣を失った悲しみを言葉にはしなかった。言葉にできなかったのは歌麿も同じこと、ふたりは留衣の亡骸《なきがら》を前に、ひと言も交わすことはなかった。

小山の義父母は高齢であり、生まれたばかりの赤子を引き取ることはかなわない。おりよは番頭の与平とその女房、そして店の女衆が当面の面倒をみることになるのだが、育てていくのはあくまでも父の佐兵衛であり、名付け親の歌麿である。ふたりは言葉を交わさずとも、その心は分かち合っていた。これで佐兵衛とおりよ、そして歌麿の三人は真の家族となっていく。

歌麿はしばらく筆が持てないようになって完成目前の『吉原の花』もそのままになっており、師匠は絵師として駄目になってしまうのではと富丸は心配したが、十日経ち、二十日経つうち、歌麿は再び筆を執る。留衣の葬儀にも出ず、おりよをあやすこともなく、仕事部屋へ籠もり、富丸をも遠ざけた。けれどそれは『吉原の花』を仕上げるためではなかった。

おりよは母の顔を知らずに育つことになる。それはあまりに不憫《ふびん》。歌麿はおりよのため、留衣の姿を残そうと決めた。巴波川を背景に立つ留衣の姿を細部にわたって描くこと。それが留衣にもおりよに対しても歌麿がすべき唯一の義務だと思ったからだ。この絵をもって『華』としたい。無我夢中だった。葬儀に顔も出さなければ、食事にも手を付けず、わずかの水を飲むばかり。富丸は何度か諫《いさ》めたが、師匠は聞く耳を持たなかった。そこで与平が声を掛けたが応答がない。弱って佐兵衛に相談すると、

「歌麿の好きにさせてやるがいい」

そういうばかりで、自ら声掛けしようとはしなかった。

その六日後のこと。富丸が番頭の与平に『吉原の花』の完成を告げに来た。それから間もなく、与平に手を引かれた佐兵衛が歌麿の仕事場にやって来た。

「出来たな、歌麿。見えるぞ、見える。これは見事な……。女衆の華やかなこと、賑やかなこと。番頭さん、もっと寄って見せてくだされ」

「旦那さま、この端に黒紋付きの女の人が」

与平がそう言いかけたとき、歌麿は人差し指を唇に当て、与平の言葉を遮った。

「歌麿先生、どうして……」

当の歌麿は首を横に振ったまま、

「兄さん、長いことお待たせを致しました。いかがでしょうか」

「ああ、良い。待った甲斐があったというものだ。留衣にも見せてやりたかった……きっと、飛び上がって喜んだろうに。あれは吉原もなにも、江戸を知らなんだからなあ」

「もう少し早ければ……。申し訳ありません」

「いやいや、おまえを責めているのでない。いつか江戸見物に連れて行ってやるという約束が果たせなんだことが口惜しい」

留衣の死を悼《いた》みながらも泣くことのなかった歌麿の頬に、熱いものが流れた。これが留衣の死後、佐兵衛と歌麿が交わした初めての言葉だった。

「わしの眼はもういけないが、絵師歌麿の夢はもう一つ残っておるはず。盲しいてもすべてこの佐兵衛が、おまえの夢を買う約束を忘れてはいまいな」

「忘れるものではありませんよ、兄さん」

歌麿はそう答えた。留衣はおりよを生み、その顔を佐兵衛の眼に焼き付け、約束を果たして逝った。どれほど困難であったとしても、歌麿も留衣との約束を果たさねばならない。

『雪月花』最後の作となる『深川の雪』にとりかかろうと考えていた矢先、秀丸から思いもよらぬ報せが届けられる。大坂の版元から受けた『絵本太閤記』の挿絵がご改革に触れ、歌麿がお手配になっているとのこと。その居所を知っているなら、すぐにも自訴するよう説得する旨、きついお達しがあったというのだ。この報せを受け、すぐに佐兵衛と話し合ったが、

「このままこの栃木におれば逃げきれるのではないか」

その間にさまざま手を回すこともできようと、佐兵衛は自訴に反対した。けれど歌麿は、

「もしもこの地に隠遁《いんとん》しておることが知れれば、新井田屋もただではすみません。だいいち、おりよの身にまで累《るい》が及ぶようなことがあれば、これはもう留衣さまに顔向けできぬどころか、私の気持ちが折れてしまう。何のための〝夢〟だったのか、すべてが無に帰してしまいます。それはお咎めを受けるより辛いこと。これより江戸へ向かい、自訴致しますゆえ、どうぞご容赦願います。もしもこちらにまでご詮議が回ったならば、ただの居候のこと、知らぬ存ぜぬで通してくれるよう、与平さんをはじめお店の方々にくれぐれも言い含めてください。それと『品川の月』『吉原の花』は土蔵の奥の奥へ仕舞い込んで絶対に誰の目にも触れさせぬこと。さらにこの竹筒に入った二枚の絵も同様にして、蔵の奥に収め、口外は無用に願います」

「おまえがそこまで言うからには、心得たと答えざるを得ないが、ただ、どんなご裁定が下るやら……」

「まさかに死罪にはなりますまい。わたしにはまだ描かねばならぬ絵があります。必ず帰って参りますゆえ、ご心配なさいますな」

実直な与平夫婦に佐兵衛とおりよのことを託し、富丸には弟子として火の粉のかかる恐れが

あるのだから、ここに残るよう言って聞かせ、歌麿はひとり江戸へ向かった。

江戸に着いたその足で蔦屋重三郎の墓に参った歌麿は、南町の月替わりを待って奉行所へ自訴して出た。下った裁定は入牢五日の後、本来五十日であるべき手鎖を自訴ゆえの減刑三十日というものだった。ただし連雀の仕事場にあった筆ほか道具一切はお取り上げ、版木も摺り物もすべて没収され『絵本太閤記』は絶版となった。それでも秀丸にはお咎めなし、下野栃木にまで詮議が及ぶことはなかった。

歌麿はこの間、不自由に耐えて手鎖から解放されると、秀丸とも見舞いを頂戴した多くの人々とも別れを告げ、江戸を去った。これで絵師として喜多川歌麿の時代は終わったとの評判がもっぱらで、ここが最後とばかりに美人画の注文が幾つもの版元からあったが、すべて断った。もう絵筆は持てまいとの噂も、少しも気にはならなかった。

栃木の新井田屋へ戻った歌麿はふた月ばかりひっそりと養生した後に『深川の雪』の下絵にとりかかる。手鎖をかけられていたあいだに、構想は出来上がっていた。もう完成を急ぐ必要はなかった。なぜなら、佐兵衛は完全に視力を失っていたからだ。

「いざ盲目となってみると、驚くような発見がいろいろあってなぁ。まず、目をつぶったり目隠しをしたりするのと、目が見えないということはまったくちがう。まるで別物じゃ。ところがな、おりよの声を聞くより先に、気配がする。番頭の与平、店の者の気配はなんとなく分かるのだが、おりよの気配だけははっきりと分かるのだから、どうにも不思議なことよ」

歌麿が江戸から帰ってきたときも気配を感じたという。

「奥の間のどこにいても、おまえの気配は分かる。嘘ではないぞ」

歌麿はこれまで佐兵衛の言葉を疑ったことはない。きっとそういうものなのだろうと思うばかりだ。

そこから丸二年をかけ、喜多川歌麿晩年の傑作といわれる『深川の雪』は完成する。場所は定願寺の奥の院を借り、資金は新井田屋佐兵衛にとどまらず釜喜ほか栃木の豪商たちを頼った。久方ぶり『品川の月』『吉原の花』が新井田屋の蔵から運び出され、三幅揃った喜多川歌麿の『雪月花』は定願寺奥の院に掲げられた。披露目など派手派手しいことは行われず、ひっそりと掲げられた三幅の前に立った佐兵衛は、

「見えるぞ。嘘でなく、見えるものは見えるのだから、これが絵師歌麿の筆の力というものよなあ」

よく描いた、よくやったと何度も佐兵衛に誉められ、歌麿はひたすらに嬉しいばかり。それでも、三幅と共に蔵から持ち出された竹筒二本の絵は、定願寺に掲げられることはなかった。

半年ばかりは気の抜けたようになっていた歌麿だったが、ふっと、本当にふっと思い立って竹筒から二枚の絵を取り出して見て驚いたのなんの。

「これは、どうしたことか……」

一枚は『華雪月花』のうち『華』として描いた留衣の絵であり、もう一枚はかつて長崎で腑分けした遊女を思って描いた絵だ。ふたつの絵に描かれた女の顔は、似ても似つかぬものだった。

「吾《われ》が思い込んでいた女絵が、これほども違っていたとは……」

自分はなぜ留衣と遊女がそっくりだと思い込んだのか、歌麿は気持ちの整理がつかない。やはり見るべきではなかったと悔やみながら二枚の絵を凝視しているところへ、これもまたひょっこりと、三つになったおりよが顔を出した。歌麿はおりよがじっと立ったまま二枚の絵を見つめていることにさえ気が付かず、おりよが脇に立っていると知ってぎょっとしたものだ。

「先生、この女の人はだあれ」

佐兵衛以外の誰もが歌麿を先生と呼ぶから、自然おりよもそう呼ぶようになっていた。そのおりよが指差したのは留衣を写した絵だった。歌麿は狼狽《ろうばい》し、

「これはお留衣さまといって、おりよの母《かか》さまだよ」

「ええっ、これがおりよのかかさまなの。じゃあこっちの女の人はだあれ」

訊かれるだろうとは思ったが、何と答えてよいやら。

「この女の人はな、つまり……母さまとは別の人、でも大切な人さ」

「ふーん、先生の大切な人、かかさまによく似ていることね」

このおりよの言いようにも、歌麿は驚かされる。

「そうかな、似ているかな」

「ええ、とても似ていてよ」

「それならこれはおりよにあげよう」

「どちらの絵も、おりよにいただけるの」

「ああ、どちらの絵もおりよのものだ。どのみちおりよがもう少し大きくなったら見せるつもりだったのだから」

「うれしい。かかさまの絵がふたつ。これは与平に預かってもらっていい、先生」

「いや、父《とと》さまに預けなさい」

「ととさまはお目が見えないでしょ」

「それでも父さまに預けて、大きくなったら返してもらうといい」

「はい、そうします」

これで歌麿の胸に永年わだかまっていた思いが消えた。

「近江の両親が亡くなり、小山の義父母も亡くなったいま、おまえが旅に出ると聞いて、正直心細い限りよ。もうしばらくおりよの行く末を見守ってはくれんか」

「勝手ばかり申し上げてすみません。与平さんを大番頭に据えたいま、兄さんとおりよ坊のことは何の心配もないと思っております。後顧《こうこ》の憂いなく自分の生まれた西国を巡ってみたくなったのです。どうかお留めくださいますな」

わたしはこの国の形というものを、あまりにも知りません。もう絵につまらぬ野心はありませんが、いま評判の葛飾北斎のように、世相を見て回りたいのですと歌麿は言った。

仕方あるまいが、いずれここ栃木へ戻ってくるのだろうなと佐兵衛は念を押す。けれどそれには返辞せず、

「佐兵衛兄さん、少し時代が動けば、喜多川歌麿の『雪月花』を欲しいというお方も出て来られましょう。どうぞそのときは、できるだけ高値でご商売していただきますように。兄さんのおかげで描けたあの三幅、もう未練はございませんゆえ」

最後まで仕えてくれた富丸に〝喜多川歌麿〟の名を譲り、新井田屋を辞したのちは、歌麿が栃木へ戻ってくることはなかった。自分が産み落とされた遊女屋、紫苑や滝江の姿を求めての旅だったに違いあるまいけれど、喜多川歌麿は西国放浪の果て、どこやらの宿《しゅく》で行き倒れたとも、また逗留した古刹《こさつ》で病に倒れ、そこで客死したとも伝えられる。後日、風の便りに歌麿の死を知った重蔵こと曲亭馬琴は遠くへ目をやって、

「歌さん、そりゃあねえよ……」とつぶやくばかりだった。

おりよは最後まで、歌麿は帰って来ると信じて疑わなかった。新井田屋は近江の実兄、八幡

屋仙太郎の次男を迎えておりよと縁を組んだのち、佐兵衛は商売から身を引いた。
喜多川歌麿『華雪月花』のうち『華』二様について、存在もその後の行方も今日まで分かっていない。

了

参考文献一覧

『喜多川歌麿』林美一著、河出書房新社、一九九〇年
『歌麿の謎　美人画と春画』リチャード・レイン、林美一著、新潮社、二〇〇五年
『歌麿　絵本小町引』林美一／リチャード・レイン共同監修、河出書房新社、一九九六年
『江戸枕絵の謎』林美一著、河出書房新社、一九八八年
『歌麿』下村良之介、林美一ほか著、新潮社、一九九七年
『浮世絵の極み　春画』林美一著、新潮社、一九八八年
『歌麿』エドモン・ド・ゴンクール著、隠岐由紀子訳、平凡社（東洋文庫）、二〇〇五年
新考証『栃木と歌麿』渡辺達也著、歌麿と栃木研究会、一九九一年
『江戸の禁書』今田洋三著　吉川弘文堂
喜多川歌麿『深川の雪』岡田美術館蔵
『喜多川歌麿』千葉市美術館、一九九五年
『歌麿の風流』浅野秀剛著、小学館、二〇〇六年
『歌麿・写楽の仕掛け人・その名は蔦屋重三郎』サントリー美術館、二〇一〇年
ボストン美術館『浮世絵名品展　錦絵の黄金時代――清長、歌麿、写楽』二〇一一年
『浮世絵戯画』福田和彦編著、河出書房新社、一九九二年
『春画　江戸の絵師四十八人』平凡社（別冊太陽）、二〇〇六年

『図説　浮世絵入門』稲垣進一著、河出書房新社、一九九〇年
『紅閨秘伝抄』福田和彦編著、ベストセラーズ、一九九〇年
『蔦屋重三郎』松木寛著、日本経済新聞、一九八八年
『蔦屋重三郎』松木寛著、講談社（講談社学術文庫）、二〇〇二年
『長崎游学9　出島ヒストリア　鎖国の窓を開く』長崎文献社編、長崎文献社、二〇一四年
『長崎游学12　ヒロスケ長崎ぶらぶら歩き』山口広助著、長崎文献社、二〇一七年
『ながさき開港450年めぐり』下妻みどり著、長崎文献社、二〇二一年
『だましゑ歌麿』高橋克彦著、文藝春秋（文春文庫）、二〇〇二年
『喜多川歌麿女絵草紙』藤沢周平著、文藝春秋（文春文庫）、一九八二年
『希代の本屋蔦屋重三郎』増田晶文著、草思社（草思社文庫）、二〇一九年
『あなたの知らない栃木県の歴史』山本博文監修、洋泉社（歴史新書）、二〇一三年
『川柳江戸吉原図絵』花咲一男著、三樹書房、一九九三年
『浮世絵の歴史』小林忠監修、美術出版社、一九九八年
『奔放なる江戸「春画」の世界』加藤光男監修、宝島社、二〇一三年
『江戸色街散歩』岩永文夫著、ベストセラーズ（ベスト新書）、二〇一三年
『手鎖心中』井上ひさし著、文藝春秋、一九七二年
『東慶寺花だより』井上ひさし著、文藝春秋、二〇一〇年
『あきらめるって素晴らしい』石川孝一著、幻冬舎メディアコンサルティング、二〇二三年
＊資料協力　中村裕（ノンプロ）

たかはし　かつのり

1953年、長野県安曇野市生まれ。

著書に『お月見横丁のトラ』『レストラン藤木へようこそ』（平原社）、『神の名前』（未知谷）など。

青樓《せいろう》にて
喜多川歌麿「雪月花」異聞

2024年2月27日初版印刷
2024年3月12日初版発行

著者　高橋克典
発行者　飯島徹
発行所　未知谷
東京都千代田区神田猿楽町2丁目5-9　〒101-0064
Tel. 03-5281-3751 / Fax. 03-5281-3752
［振替］　00130-4-653627

組版　柏木薫
印刷所　モリモト印刷
製本所　牧製本

Publisher Michitani Co, Ltd., Tokyo
Printed in Japan
ISBN 978-4-89642-720-2　C0093